レジェンドノベルス
LEGEND NOVELS

ネカフェ住まいの底辺冒険者 1

美少女ガンマンと行く最強

レジェンドノベルス
LEGEND NOVELS

ネカフェ住まいの底辺冒険者 1

美少女ガンマンと行く最強への道

初スキル

「あー、腹へった。体が重い」

底辺冒険者の俺は、今日のダンジョンの稼ぎを握りしめる。

一日ダンジョンに入って稼いだ千五百円。

これが今の全財産だ。あとは片手に下げた紙袋。この中に俺のすべての荷物が詰まっている。

わずかな着替え。冒険者として最低限以下の装備。唯一身分を保証してくれる冒険者カード。そして、ぼろぼろの歯ブラシ。

「今日は何とかネカフェに泊まれるか。二百円は、貯《た》めておく。これは絶対だ。それでだ、オープン席なら九百円。飯は豪華に牛丼、行ける。個室のリクライニング席なら、千百円。その場合はコンビニで、おにぎりだな」

俺は大いに悩む。今日いちで悩む。

悩む俺を苛《さいな》む空腹感が、腹の音となって響く。

「決めた、牛丼だ。今の俺には肉が、何よりも肉が必要だ」

そうと決めたら、さっそく俺は牛丼屋に向かう。

「肉、肉ー」

牛丼屋につき、どかりと座って、牛丼並汁だくだく、生姜《しょうが》もりもりで注文する。無料で増やせるかさは見逃さない。

店内では皆、黙々と牛丼を掻《か》きこみ、テレビのナレーターの声だけが響く。

『一九〇〇年代初頭、世界中に突然ダンジョンが現れました。それから百年と少し。モンスターの住むダンジョンに潜り、様々な物を持ち帰る冒険者の仕事には、命の危険のある反面、富を、夢を追い求める志願者が絶えません。誰でも挑戦できる仕事なのです。また、ダンジョンの内部でのみ発現する魔法やスキルの存在、オドと呼ばれる……が……』

俺も牛丼を掻きこみながらテレビを流し見する。

その時、俺の頭の中は一日ぶりの食事でいっぱいだった。一噛《か》みごとに染み出る肉汁。安い肉なのだろう、実際には化学調味料まみれのそれが、空腹も相まって俺には福音のごとき ご馳走《ちそう》に感じられた。

一度レールから外れてしまえば転落するしかないこの社会で、最後に行きつくのが冒険者の仕事である。俺も何とか新卒で就職した会社が、残念なことにブラック。すぐさま辞めた。そして転職に駆けずりまわった。しかし、第二新卒の狭き門をくぐれず、半ホームレスの冒険者になるのは、あっという間のことだった。スマホが止まり住所を失うとアルバイトすらできなくなった。

そんな状態で、唯一できる仕事が冒険者だった。そして始まった、数年前までは想像もしていなかった生活。

俺は食べ終わり、店を出る。

「そういや、これ貰《もら》ったな」

俺は牛丼のお金を払う時に貰った商店街の福引券を取り出す。

「ネカフェ帰る途中だし、やってくか」

商店街の片隅でテントを張っている会場につくと、俺は福引券をもち、列に並ぶ。すぐに俺の番になり、がらがらを回す。

出てきたのは、白の玉。

「おめでとうございます～。特別賞ランダムスキルオーブです」

係のおっちゃんが、からんからんと鐘を鳴らしながら俺の方に箱を出してくる。

俺はごくりと喉をならして、慎重に箱を手にとる。

(やった！　スキルオーブだ！　もしすごいスキルを覚えたら一流冒険者の仲間入りかも⁉)

俺は箱を開け、手に触れたオーブをそっと摑《つか》み出《だ》す。

おっちゃんが話している。

「知ってると思うけど、そのオーブ、割れば使えるから」

俺は不安と期待を胸に、ネカフェに向かう。

(ランダムスキルオーブって、言葉通りランダムで一つスキルが手に入るんだよな)

俺はネカフェでオープン席のナイトパックを頼むと、席につく。紙袋を足元に置いて、さっそくネットで調べる。ランダムスキルオーブを試した体験談が色々出てくる。

「なになに、あー、うん。だよねー」

一通り調べて、椅子の背もたれに寄りかかりながら考える。

(最大のネックは取得できるスキルの数が一人一個〜三個しかないってことだよな。俺はまだ一個もスキルがない。もしランダムスキルオーブで地雷スキルがきたら。しかも一個しかスキルを覚えられない体質だったら、完全に詰む。一生底辺確定だよね)

俺はランダムスキルオーブを箱から取り出して眺める。

(でも、このままじゃあ何も変わらない)

ひとまず明日にしようとオーブを箱に戻そうとして手が滑る。

「やばっ」

つるんと手から離れたオーブが床に落ちる。からんからん。

「あ、あぶねー。割らなくて良かった」

急いで立ち上がってオーブに手を伸ばす。

「あっ」

足元に荷物を置いていたことをすっかり忘れていた俺。当然足が引っ掛かり、倒れ込む。

パリン。

軽い音とともに、ランダムスキルオーブが俺の下敷きになって割れた。

俺は翌日、朝食がわりのネカフェのドリンクバーで腹を満たし、ダンジョンに来ていた。

昨日、得てしまったスキルをこれから調べる。ダンジョンに入り、最初の広場のすみに向かう。

（ダンジョンの中じゃないとステータス見られないのは面倒だよな）
俺は内心ドキドキしながら、ステータスオープンと念じる。

氏名　朽木《くちき》　竜胆《りんどう》
年齢　二十四
性別　男
オド　16
イド　7

装備品
なた
革のジャケット
なし
なし
なし

スキル　装備品化′

いつものステータスに、スキルが加わっていた。

「スキルは、装備品化か。確か、敵を倒した時に、装備品が出やすくなるスキルだったような。そんなに悪くない？」

俺は喜んでいいか、微妙な所で迷いながらも、今日の稼ぎのために働き始める。

一日ダンジョンで働いた俺は、今日の稼ぎを手にネカフェに急いで帰ってきた。今日は一日、頭の中は手にいれたスキルでいっぱいだった。しかし、そのせいで気が散っていたのだろう。

今日の稼ぎは、オープン席のナイトパックギリギリしかない。

昨日の貯金二百円で買ったおにぎりを食べながら、さっそく装備品化のスキルをネットで調べる。ウォキペディアに載っている文字を読む。

「何々、このスキルを持つものが格下のモンスターを倒した際にごく稀《まれ》にモンスターが装備品になるスキル。……やっぱりな。ダンジョンでのみ発現する限定スキル、か」

俺は記事を読み進める。

「セカンドスキル、サードスキルとして収入の足しに取る冒険者もいるが、マイナー」

俺は記事を読むのを止めると、椅子にもたれ掛かって考える。

（攻撃スキルじゃないから、ファーストスキルにする奴《やつ》は当然いないよな。悪くはないけど微妙だ。さすがに商店街の福引でそんな強スキルは手に入らないか。明日はモンスターを倒してみるか。何ヵ月ぶりだろな……）

俺はそのまま、ネカフェのオープン席で眠りに落ちた。

装備品化スキル

ネカフェのオープン席で目ざめた俺は早朝からダンジョンに来ている。最初の広場に入ると顔馴《かおな》染《じ》みの雑貨売りのおっちゃんから声をかけられた。

「よう、朽木。早いな。今日もG拾いか?」

「いや、今日は久しぶりに潰しの方をやるよ」

「へぇ、珍しい。そんな棒きれだけで大丈夫か。なんか道具買ってけよ」

「また今度なー」

俺はおっちゃんにひらひらと手を振ると、広場に並ぶ店舗を抜けて、奥までやってくる。

ここのダンジョンは一階部分の半分は先程のような雑貨や食べ物を売る屋台が場所を占めている。というのも、一階には怪我《けが》を負わせてくるようなモンスターが出てこないからだ。唯一出てくるのが、通称G。そう例の黒いあいつである。正式にはダンジョンコックローチ。まあ、まんまの名前だが、手のひら大の大きさのGである。

大量に現れる奴らは当然みんなの嫌われもの。上級冒険者は当然、そんな奴らは相手にしないし、店をやっている人間から見たら天敵みたいなものである。だから、奴らの駆除とその死骸集めは俺達底辺冒険者の数少ない稼ぎとなっている。

何せ、奴らには薬剤が一切効かないのだ。ひたすら潰すしかない。

それで、奴らに関わる仕事は『潰し』と『拾い』に分かれている。『潰し』はひたすらGを潰し、『拾い』は潰れたGをひたすら集める。G潰しの元締めをやっているオッサンに声をかける。

「オッサン、今日は俺、潰しをやるわー」

「どうした朽木。お前、最近はいつもエナのとこで拾いだったろ。お前の潰しの速度だと拾いも兼任だぞ。効率悪いのは知っとるだろうに」

「わかってるわかってる」

俺は軽く答えてさっそく潰しに取りかかる。奴らは地上にいる奴に比べて、何倍も速い。素人に毛の生えたような人間にはなかなか捉えられないのだ。だからこそ、スキルを持っていたりして、潰しを専門にする人間がいるし、拾いはそういった潰し専門の人間の下で潰されたGを集めるようになっている。集めたGはすべてオッサンに提出して換金してもらう。

たまに潰しに挑戦する俺のようなスキルなしの人間は、拾うのも自分でやることになるわけだ。

（まあ今はスキル持ちだが）

そしてこれ、適したスキルがないと、大変効率が悪い。しかし今は、それ以外の目的がある。

そう、ダンジョンコックローチもモンスターなのだ。であれば、装備品化のスキルを試すのに、最適である。俺はできるだけ目立たないようにすみの方でさっそく潰しに取りかかる。奴らはすみの方に集まりやすいから何らおかしい行動じゃないしね。

我が物顔でそこらじゅうの床や壁を這《は》い回《まわ》るG達。しかし、近づけば当然逃げていく。

俺はじっと立ち尽くし、気配を消して、Ｇが近づいてくるのを待つ。

（一匹。まずは一匹）

俺は自然体に構え、全身の力を抜く。これでも一時期は拾いから這い上がろうと、潰しの方法に試行錯誤した時期がある。時間をかければだが、数匹は潰してきた実績もある。

薄目になり、全身の神経を研ぎ澄ます。ほんの一瞬、わずかに時間が引き伸ばされ、世界がゆっくり動くような感覚が、おりてくる。

（いまだ！）

片足を大きく前に出し、膝を目一杯曲げ、体を低く。そして素早く手首のスナップだけで、手に持つ棒を振るう。Ｇの動く先と、棒の振り下ろした場所が、重なる。

ぐしゃ。

「捉えたっ」

俺は思わず喜びの声をあげる。Ｇを潰そうとしてきた試行錯誤の結果が、これだ。死ぬほど集中すると、ほんの一瞬だけ時間がゆっくり感じられるのだ。そこを狙って、潰す。

（久しぶりだったけど、ちゃんとできたな）

いつもなら、この潰れたＧをビニール袋に詰め、潰し代含め一匹三十円になる。しかし、ここからはいつもと違った。

潰れたＧが煙のようになる。黒い煙が拡散することなく、渦巻き、一ヵ所に集まってくる。煙がきえ、そこには真っ黒な革靴が鎮座していた。

「うおお！　本当に装備品になったよ！」
一人テンションの上がる俺。思わず辺りをキョロキョロしてしまう。誰もこちらを見ていないことを確認すると、手に持つ棒を置き、さっそく装備してみることにする。

氏名　朽木　竜胆
年齢　二十四
性別　男
オド　18（2増）
イド　7

装備品
なた
革のジャケット
なし
なし
Gの革靴（スキル　重力軽減操作）

スキル　装備品化，

「あー。やっぱりGでできた靴、なんだよな」

俺は自分の足元を見下ろすが、もう貧しさで麻痺《まひ》した感性では、気持ち悪いとも思わない。

「うん、あれ？」

俺は、自身のステータスに違和感を感じて、再度開いてみる。

「オドが上がってる！　二年間で2しか上がらなかったのに。同じだけ上がってる。それに、なんだこれ、装備品の欄の下にスキル表示があるぞ？　こんなの見たことも聞いたこともない……」

俺はじっと自身のステータスを眺め、一度Gの革靴を脱いでみる。

再度、ステータスを表示する。

氏名　朽木　竜胆
年齢　二十四
性別　男
オド　16
イド　7
装備品
なた

革のジャケット
なし
なし
なし

スキル　装備品化'

「やっぱり。オドの上昇はこのGの革靴のおかげか」

オドは体的な強さを、イドは精神的な力を表すと言われていて、長年様々な研究がされてきたが、いまだに謎が多い。

長年、ダンジョンで研鑽《けんさん》を積むと上昇することは知られているが、俺はほぼ毎日二年の間ダンジョンに潜っても、オドが2しか上昇しなかった。

「お、俺の二年間と同じって……。めっちゃ嬉《うれ》しいけど、なんだか微妙な気持ちもする」

俺は複雑な気分で再び履いたGの革靴を眺める。

「そして、何だよ、このスキル？　装備品についてるスキルなんて聞いたことないな。重力軽減操作？　語感的には軽くするスキルか？」

俺は試しに手に持つ棒に対してスキルの発動を意識してみる。ついでに渦巻く中二心で、小さく呟《つぶや》く。

「重力軽減操作、発動！」

そのまま、棒を拾い、振り回してみる。

「お、おお！　お？」

思わずよろける。俺は落ち着いて、振り下ろしだけ何度か試す。最後に、渾身《こんしん》の力で振り下ろしながら叫ぶ。

「重力軽減操作、停止！」

おもいっきり前につんのめる。

「うわっ！」

転んで巻き上がる砂塵《さじん》。

「いててて」俺は頭を擦りながら立ち上がる。

「これ、すごいかも。質量は変わらずに、かかる重力だけ減ってるわ」

俺は闇雲に振り回した時と振り下ろした時の感覚の差から、そう結論付ける。

（どうやら横振りの時はメリットはないけど、振り上げの速度はだいぶ速くできるぞ）

「あれ、でも質量変わらないから、振り下ろしの威力は変わらない、のか？」

俺はよくわからなくなって首をかしげる。

「……よし、次は自分にかけてみるか」

俺は自分にスキルをかけるイメージで呟く。

「重力軽減操作、発動！」

そのまま軽く走ってみる。

ぴゅんぴゅんと風を切る音が耳元で鳴る。

「めっちゃ速い！」

その場でジャンプ。

「いつもより、明らかに高いかも！」

俺は楽しくなってくる。

「どうやら、だいたい三割ぐらい軽くなってそう」

俺はぴょんぴょん跳ねながら呟く。

「もしかしてこれなら……」

俺は手に持つ棒を握りしめ、Ｇ達へと視線を送る。そして軽くなった体を生かし、近くのＧへ駆け寄る。

逃げるＧ。

しかし、スキルの恩恵を受けた俺には、決して追い付けない速さではない。易々《やすやす》とＧの背後をとり、棒を一閃《いっせん》。

ぐしゃ。

「いける、いけるぞ」

その後はもう、潰し祭りだった。速さに任せた力業で、あっという間にＧを潰していく。

ビニール袋にいっぱいのGの死骸を目の前に差し出した時のオッサンの驚く顔がなぜかおかしくて笑ってしまう。

「朽木、お前これ、どうしたんだよ⁉」

「いやー。コツを摑んじゃったみたいだわ」

俺はさすがに靴のスキルのことは隠して答える。

「すげーな。おめでとう！　良かったな、お前！　どうなることかと心配だったんだよ」

オッサンの意外な言葉に俺は虚をつかれる。そして、そんな自分が何だか恥ずかしくなって照れ笑いで誤魔化し、精算してもらう。

その日は二百匹以上のGを潰し、六千円を超える稼ぎとなった。

（そういや、装備品、一個しか出てないな……）

打ち上げ

六千円もの稼ぎを手にした俺は、浮かれていた。二日続けての牛丼という贅沢《ぜいたく》を堪能《たんのう》した後、俺は近くのコンビニへ向かっている。

(これだけあれば、牛丼分とネカフェのリクライニングシート席代を抜いても、余裕ありまくり！これはもう、あれ、あれ、するっきゃないっ)

俺はコンビニでお会計を済ませ、その足で公園に向かう。夏になる前の穏やかな風が吹き抜け、夕暮れ時の香りを運ぶ。いつもなら住宅街に漂う夕御飯の匂いにお腹《なか》が鳴るが、懐のあたたかい今なら何のその。


公園につく。人影も疎《まば》ら。俺はすみっこのベンチを確保し、さっそくコンビニの袋から、例のブツを取り出す。

焦って震える指。せっかくの瞬間を楽しもうと深呼吸。ゆっくりと開け、それを一気に喉に流し込む。

「あー。しみる。半年ぶりぐらい、かな……」

なぜか、夕陽《ゆうひ》に滲《にじ》む涙。俺は発泡酒の缶をもう一度傾ける。

「ふぅー」

目を閉じ、ゆっくりとアルコールの余韻に浸る。

俺は発泡酒をベンチにおき、あてに買ってきたコンビニセルフブランドのスナック菓子を取り出すと、こちらも噛み締めるように味わう。

閑散とした公園。緑の繁《しげ》った木々を眺めながらゆっくりと、酒とあてを交互に口に運ぶ。思い浮かぶのは今日の自分の動き。靴のスキルのおかげとはいえ、自身の手で手にいれた成果に、酔いも進む。

「なんで一個しか装備品出なかったんだろ。ネットで見ると、もう少し確率高そうだけど」

そんなことを呟きながら缶を傾ける。しかし、そんな至福の時間はすぐに破られてしまった。

「あ、いたいた」

ぼーとしていた俺に、突然、声がかけられる。

「え、江奈さん？　どうしてこんな所に？　最近はチームで下層の方に行ってるって……」

そこには、俺がたまに拾いにつかせてもらっていたことのある江奈・キングスマンというハーフの女性が仁王立ちしていた。

金髪をショートに切《き》り揃《そろ》え、俺よりわずかに年下の彼女は、すらりとしたモデル体型に加えて、しっかりと鍛えられた強い体幹をうかがわせる姿勢の良さで、強い存在感を放っていた。スキニーパンツの両足に巻かれたサイホルスター。そこに収納された二丁魔法拳銃の駆動魔石が、夕陽でキラリと光る。

「今日は一層でトレーニング。朽木こそ、どうしたのよ。Gのオッサンから今日のこと、聞いたわよ」

江奈はそういうと、どかりとベンチに座り込み、勝手に俺のコンビニの袋を漁《あさ》り出す。そして発泡酒を取り出すと、一気に呷《あお》る。

「あぁぁっ。俺の……」

「なによ、散々稼がせてあげたのに。しみったれたこと言ってんじゃないわよ」

江奈は、ばんと俺の背中を叩《たた》くと、俺の手の中のスナックの袋に手を伸ばす。

「はい……」俺はしょんぼりと江奈の手の中の発泡酒を見つめながら、諦める。

「それで、何があったのよ。急に羽振りがいいみたいじゃない？」

「いやー。何だか急にコツが掴めたんですよね」

俺はとっさにオッサンにしたのと同じ言い訳をする。江奈には確かに前に散々お世話にはなってきたが、それでもすべてを話す勇気が出なかった。

「あそ、ふーん」じとっとした視線で睨《にら》んでくる江奈。

「何だか良さげな靴を履いてるわね」

江奈の言葉にドキッとしながら濁しぎみに答える。

「安物ですけど、今日の稼ぎで……。それより江奈さんは、わざわざ俺を探しにここまで？」

「そんなわけないでしょ。トレーニング終わりに、たまたま通っただけよ。だいたい、朽木がこんなダンジョンの近くの公園で飲んでるんだもの。知り合いに見つかって当然でしょ」

確かにここからダンジョンは近い。

「まあ、おおかた、何かスキルが取れたんでしょ。おめでと。で、どうするのよ？」

「どうするって？」

「明日からは潰しをしていくの？　それとも先を目指してるの？」

「俺は……」俺は、言葉につまる。江奈の指摘に、先のことなんて何も考えていなかったことに気づく。日々の稼ぎで精一杯で、だいぶ近視眼的になっていたらしい。

「まあ、いいわ。ごちそうさん」

江奈はそういうと、座ったままノールックで二十メートル先のゴミ箱へ、手首のスナップだけで空き缶を放る。

空き缶はきれいな放物線を描き、吸い込まれるようにゴミ箱にインする。

（さすが、江奈さん。その力を買われて下層の攻略チームにスカウトされたらしいしな。ここらへんのガンスリンガーの中じゃあ、一番の実力派って噂《うわさ》になってたし）

俺が空き缶の軌跡を追っていた視線を戻すと、江奈はベンチを離れ、すでに公園の出口。そのまま去るかと思ったらくるりと振り向いた。

「もしも、先に行くって決めたなら、教えなさいよっ！」

そういうと、江奈は今度こそ立ち去っていった。

（うーん、どこまでバレたかな……。スキルの存在に、靴への言及。ガンスリンガーは目と勘が命って聞いたことあるしな……）

俺はわずかに残っていた発泡酒を飲み干し、歩いてゴミ箱まで行くと、投げるようなことはせず、ゴミ箱へそっとごみを捨て、公園を立ち去る。

辺りはすっかり暗い。いつものネカフェに向いながら、俺はこの先のことを考え始めていた。

(先を目指すにしても、金はいる。まずは、潰しをして資金確保。ついでに重力軽減操作スキルにも慣れなきゃ。まだまだ無駄な動きがあるしな。それで資金が貯まったら、貸ロッカー借りて、備品を揃えたいな)

俺は、ネカフェにつくまで、つらつらと今後のことを考え始めた。

兆し

初めての装備品化スキルを使ってから一週間がたった。毎日潰しを行い、一日六千円前後の、安定した収入を得ている。重力軽減操作スキルの扱いに慣れるにしたがって、徐々に潰しの速度も上がり、余った時間は準備に充てている。

先日、無事に貸ロッカーの契約も終わり、今日は朝から格安スマホの契約に行っていた。この生活になって手放してしまったスマホ。

ついに再び、我が手に。うはうは気分で店を出る。

(早くどこか、無料のWi-Fiスポット探そっ)

ネットで調べた、『ダンジョンに潜り隊』のページに載っていた準備はだいたいこなした。

(『ダンジョンに潜り隊』はさすがの情報量だよな。冒険者カードがあれば簡単にログインできるし。運営、官民連携だっけ)

明日はいよいよ第二層の探索を始める。何度か第二層へ赴いたことはあれど、ほんの入り口で引き返してばかり。本格的にダンジョンに潜るのは、今回が初めてとなる。

江奈さんへ連絡?　当然していません。連絡先知らないし。

まあ、そんなこんなで明日まで、しばしの休息。この一週間は目一杯動き回った。新しいスマホ様と親睦を深めなければ。

「まずは腹ごしらえかなー」

契約やらなんやらで、すでにお昼もだいぶ過ぎている。俺はすっかり行きつけになった牛丼屋に足が向く。

（今日もトッピングに生たまごつけちゃう？　いやでも、この前つけたから節約……）

今日のお昼の牛丼に、生たまごトッピングをするか否か。俺は、真剣に悩みながら歩いていた。

あと少しで牛丼屋という所で、買ったばかりのスマホから緊急事態警報のアラームが鳴り響いた。

否が応でも不安を煽《あお》ってくるアラームの響き。

道行く人のスマホから。

各家庭のテレビから。

そこかしこから、アラームの音が鳴り響く。アラームが止《や》み、普段は町内のお知らせを告げる街角に設置されたスピーカーが一斉に作動する。

「スタンピードが発生しました。スタンピードが発生しました。至急避難をしてください。至急避難をしてください」

アラームの後に流れた自動音声は最悪の事態が発生したことをこの町に告げていた。

俺はとっさにステータスを確認しようとする。

開かない。

（よし、この近くにはモンスターはいないな）

ダンジョンの因子を宿した存在が近くにいると、ステータスの閲覧や普段ダンジョン内のみで発現するスキルや魔法が使えることがある。冒険者になった時に受ける初心者講習を思い出すその講習では、スタンピード時はこまめにステータス閲覧を試し索敵しろと習った。

「セオリーだと、緊急避難場所へ向かって、後方支援するのが推奨、だったよな」

俺は呟く。スタンピード発生時の討伐義務は中級以上の冒険者に課せられる。俺みたいな底辺冒険者は、可能な限り後方支援に努めるように言われてはいる。

「でも、今の俺なら、きっと戦えるはず」

俺の頭には、普段とりとめの無い会話を交わしていたダンジョンで屋台をやっているおっちゃんや、顔見知りの冒険者の顔が浮かぶ。

（この時間なら普段はまだ、みんなダンジョンにいる。せめて様子だけでも……）

スキルを手にし、準備を整えていたことで、冷静な判断とは言いがたい決断を俺はしてしまう。

周囲の人が一斉に避難していくなか、俺はゆっくりとダンジョンに向けて歩き出した。

氏名　朽木　竜胆
年齢　二十四
性別　男
オド　18

イド　7

装備品
なた
革のジャケット
なし
なし
Gの革靴（スキル　重力軽減操作）

スキル　装備品化，

ステータスが開いた。

俺がこの前打ち上げをした公園に差し掛かった所。とっさに身を伏せ、周囲を警戒する。

どくどくと波打つ鼓動がうるさい。道の前後にはモンスターの姿は見えない。

（公園の中か？）

しゃがんだまま、そっと足をすすめ、公園の生垣の隙間から中を覗《のぞ》く。

（いない……　いや、いた！）

倒れ伏すスーツっぽい姿の男性と、それに覆《おお》い被《かぶ》さるモンスターが見えた。

（あれは、ソードグラスホッパーか。第三層のモンスターだったよな）
大型犬サイズの、後脚が鋭い剣のようになっている真っ赤なバッタが、そこにいた。

公園の戦い

俺は愛用の鉈《なた》を握りしめ、そっと公園の入り口まで回り込む。

（ここからだとソードグラスホッパーの後ろになるが、多分後ろまで見えているだろうな。バッタ顔だし。奇襲は難しいかも）

スキルが使えることを確認し、自身の体と鉈に、重力軽減操作をかける。

手のひらに滲む汗。ズボンで拭う。

ソードグラスホッパーまで、公園の入り口から十メートルほど。こんな至近距離に、こちらの命を奪いうる存在がいることに、恐怖と、なぜか少し興奮を覚える。

俺は、わき上がるアドレナリンのままに、公園の入り口から飛び出し、ソードグラスホッパーに襲いかかる。

重力の軽減された体は軽やかに駆け、一気にソードグラスホッパーに肉薄する。

俺の接近に複眼で気がついたのだろうソードグラスホッパーは、その鋭い切れ味を誇る後脚を横薙《な》ぎに攻撃してくる。飛び上がり回避する俺。

重力の軛《くびき》が常人よりも軽い今の俺のジャンプは、ソードグラスホッパーの意表をつき、軽々と横薙ぎの後脚をかわす。

最高点に達した瞬間、重力軽減操作のスキルを止める。

一気に押し寄せる重力に、俺の体は上空から急加速してソードグラスホッパーに襲いかかる。

自身の重力加速度を乗せた鉈の打ち下ろし。

一瞬俺を見失い、横薙ぎを空振りしたことで体勢の崩れたソードグラスホッパーの胴体に鉈が抉《えぐ》り込まれていく。昆虫の外骨格の硬さのあと、ズブズブとした感触が鉈越しに手のひらに伝わる。

その時、ポキッと鉈が折れた。

(げっ、ヤバっ)

自身の体重のすべてが掛かっていた鉈が折れたことで、ソードグラスホッパーに伝わりきらなかった残りの勢いで、俺はつんのめり、ゴロゴロと地面に投げ出される。俺は意識してそのままコロコロと転がり、ソードグラスホッパーから距離を取る。

急いで立ち上がり、ソードグラスホッパーの方を振り返ると、ちょうどソードグラスホッパーが光の粒子となる所だった。

「やった！　装備品化スキルきた！」

俺は急いで駆け寄る。ソードグラスホッパーだった光の粒子が再構成され、そこには一振りの小太刀が残されていた。

色は深紅。柄頭《つかがしら》にバッタの意匠。長さは肘から指先程度で、ククリナイフのように途中でカーブしている。俺は折れてしまった鉈のかわりに小太刀を手に取り、ステータスを開く。

氏名　朽木　竜胆
年齢　二十四
性別　男
オド　21（3増）
イド　11（4増）

装備品
ホッパーソード（スキル　イド生体変化）
革のジャケット
なし
なし
Gの革靴（スキル　重力軽減操作）

スキル　装備品化'

「すごい、この小太刀、イドもオドも上がる！　しかも、なんかまたスキルがついているよ！　名前はホッパーソードか。まんまだな。あ、やべ……」

ステータスが開いた意味を失念していた俺の背中に、茂みから飛び出してきた二匹目のソードグラスホッパーが襲いかかる。

飛び出したままの勢いで、俺の背中に体当たりするソードグラスホッパー。

「ぐはっ、っっ」

俺は、バイクにはねられるのもかくやという勢いで、大きく弾《はじ》き飛《と》ばされる。受け身も取れず、ゴロゴロと土の上を無様に転がり止まる。

背骨に激痛。

「うぎゃあああーーーー」

あまりの痛さに立ち上がることもできない。わずかな身動きでも、激痛が全身に駆け巡る。

痛さのあまり朦朧《もうろう》とする意識の中、ソードグラスホッパーが近づいてくるのが目にはいる。

必死に息を整えるが、呼吸すらも痛みを生む。

「かはっ、げっ。げふぁ……」

(ヤバいヤバいヤバいヤバい。死ぬ。このままじゃあ死ぬ。不味《まず》い不味い不味い。何か、何かないのか)

俺は、身動きが取れない中、ひたすら瞳だけ眼球だけキョロキョロと動かし、必死に何かないかさがし続ける。

手に持ったままのホッパーソードが目に入る。

(ダメ元だ。スキルを、使う!)

俺が背中の激痛に意識をとられながらも、イド生体変化とスキル発動を念じた。

イド生体変化

俺は自分の精神がガリガリと削られていくのを感じる。

言葉にならない不快感。

その気持ち悪さに囚《とら》われていると、背中の痛みが急激に軽くなっていることに、遅れて気がつく。

ソードグラスホッパーの攻撃の衝撃で、折れたであろう脊椎が、傷ついていた内臓が、何かで補塡され、正常な状態になっていく暖かな感覚。それとともに、痛みが急速に減少していく。あっという間に修復された体。かわりに、強い不快感と絶望感が精神を蝕《むしば》む。

すでに目の前まで迫るソードグラスホッパー。

俺は、死にそうな厭世《えんせい》観を何とかねじ伏せ、自身の体と握りしめたままのホッパーソードに、重力軽減操作のスキルをかける。

そのまま、跳ね起きるようにして立ち上がりざまに、ホッパーソードで切り上げる。その一閃は、手の届く距離まで近づいてきていたソードグラスホッパーに、見事命中する。

その体を易々と両断する。

そのままへたりこむ俺。

「ヤバかったー。本気で死ぬかと思ったー」

見上げる空の青さが眩《まぶ》しい。気が抜けて再度押し寄せてくる絶望感に飲み込まれそうになりながら、何とかステータスの確認を行う。

「よし、ステータスは開かない。とりあえずは近くに敵はいない、か」

地面に座り込んだままの体を何とか持ち上げる。

(この絶望感は、とっさに使ったイド生体変化のスキルのせい、だよな?)

俺は手を握ったり、足を動かしたりして体の調子を確認する。

なんの違和感もなく動く体。

(イドが、言葉通り生体、この場合は俺の怪我した場所の骨や内臓となって補填されたんだろうか? もしそうならすごくない? ほとんど回復魔法じゃん。しかし、この精神を蝕む感じは辛《つら》いな。ネットの噂でイドの枯渇の話は見たことあったけど、こんなにきついのか。ほとんどのイドが傷を治すのに使われてしまったんだろうな)

俺はゆっくりと辺りを見回し、倒れたままのスーツの男性を見つけると駆け寄る。すでに事切れている様子。

俺はしゃがみこみ、ご遺体に手を合わせる。そして買ったばかりのスマホを取り出すと、覚束《おぼつか》ない操作で『ダンジョンに潜り隊』の公式ホームページに冒険者カードでログインする。スタンピード関連の会員専用ページに、ご遺体の位置とソードグラスホッパーに遭遇撃破したことを書き込んでおく。

（間に合わなくて申し訳ありません。必ずこれで、誰かがお迎えに来てくれるはずです）

最後にご遺体に手を合わせると、俺は立ち上がり、折れた鉈を拾い、ソードグラスホッパーの残った方の死体に近づく。スマホでソードグラスホッパーの魔石の採取方法を検索する。

「ふむ、場所は額の所か。うげ、複眼の横から刃を入れて切り開いていくのか」

俺は軽い吐き気を抑え、落ち込みがちな気分を何とか奮い立たせ、ソードグラスホッパーの頭部を解体していく。

「うまく解体したら売れる部分もあるのか……」

俺はあまり時間もなく、道具も折れて刃こぼれしてしまったかつての愛用の鉈しかないので今回は魔石の摘出に専念する。

スマホと交互に見ながら、何とか魔石の位置を特定すると、割らないように気をつけながら、グリグリと周りの肉の部分を抉る。無事に魔石を取り出す。結局五分かからずに魔石の摘出に成功した。

それは小指の爪ぐらいの大きさの真っ赤な魔石だった。

「やったーっ！　人生初のちゃんとした魔石、ゲット！」

スマホで見ると、ソードグラスホッパーの魔石は大きさによって二、三千円ぐらいになるらしい。ダンジョンコックローチの砂みたいな魔石とは存在感が違う。

今回、一匹は装備品になってしまったが、もし装備品化しなければ、五千円前後の稼ぎになっていたことになる。

「Gを一日潰すのと同じぐらいか。コスパは断然いいけど、命懸けだったからな……。でも、このホッパーソードは絶対、当たりだ」

俺は手にしたホッパーソードを眺めながら呟く。

「しかし、スキル付きの装備品が二回も連続で出るものなのか？　そもそもスキル付きの装備品の存在自体、ネットには全く情報ないしな」

空にかざしたホッパーソードはキラキラと太陽の光を反射する。

「……悩むのは後にするか。皆が心配だしな」

俺は急ぎ公園を後にした。

幼なじみ

俺はこまめにステータス表示を試みる。今の所ステータスが開く様子はない。

「よし、敵はいないみたいだな。そういや、さっきのソードグラスホッパーはダンジョンから溢《あふ》れたのかかな。だとするとダンジョンの入り口はすでにモンスターで埋め尽くされている……？」

俺は嫌な想像をしそうになるのを振り切る。

「いや、それならここら辺に、もっと出てきているはず。あ、もしかして『湧き』か？」

俺は周囲の警戒を続けながら移動しつつ、スマホで『湧き』について調べる。

「確か、そうそう、これだ。スタンピードが起きると、ダンジョンの因子がダンジョン外まで広がって、そこにモンスターが湧くことがあるんだよな」

俺はスマホをしまい、再度ステータスを開く。

氏名　朽木　竜胆
年齢　二十四
性別　男
オド　21

イド　3（11）

装備品
ホッパーソード（スキル　イド生体変化）
革のジャケット
なし
なし
Gの革靴（スキル　重力軽減操作）

スキル　装備品化，

ステータスが開く。

「っ！」俺はとっさに近くの電柱の陰に身を潜める。ホッパーソードの柄に、手を添える。そのまま、そろそろと辺りを見回す。

うららかな午後の日差し。物音一つしない。動くものは影一つ見えない。俺は止めていた息をゆっくり吐き出し、深呼吸をする。

（まだ、警戒は解けないが、敵は見えないな）

全方位を警戒しながら、考える。

（これはダンジョンの因子がここまで広がっていると考えた方がいいかもな。とするといつモンスターが湧いてもおかしくない。強行だが、急いだ方が良さそうだ）

俺はちらっとステータスに目をやる。

（イドが3しか残っていない。これでも、さっきより精神的にだいぶましになった。イド生体変化のスキルを使って、イドを8～10使って体の欠損部分に変化させたんだろうな。今日はもうこのスキルは大怪我には使えないと思っていた方がいい）

俺は警戒をしつつ、急ぎ移動を始める。できるだけ壁の側を移動するように心がけ、死角を減らすように意識する。

（次の角を曲がればダンジョンの入り口が見えるはず）

ガヤガヤと物音がしてくる。

（戦闘音じゃなさそうだ。人の声らしき物も聞こえる？）

俺は角まで急ぎ、そっと覗きこむ。

「ああ。良かった」

そこには県軍の姿があった。

俺は急いで駆け寄る。検問が設置されていたので、冒険者カードを示して入れてもらう。

「すいません！　中の様子はどうなってます？」

「お、竜胆じゃないか」

俺は自分の名を呼ぶ声に振り返る。

「ああ、陽翔《はると》か。そういや、県軍に入ったんだったか」

そこに立っていたのは県軍の軍服に身を包み、銃剣のついたアサルトライフルを抱えた幼なじみであった。元々イケメンな顔つきだったが、短く切り揃えられた髪に、記憶にあるより鋭さをました眼光は、猛禽《もうきん》のような鋭い印象を感じさせる。

「竜胆も、色々あったらしいな。何とかやってそうで、何よりだ」

陽翔の視線がちらりと俺が持ったままの冒険者カードを見る。

「竜胆、ダンジョンに行くのか？」

「とりあえずは内部の情報を知りたい」

「ああ、わかった。だが幼なじみとはいえ、開示できる情報は規約通りだぞ？」

「それでいい。それより陽翔は話していて大丈夫なのか？」

俺は周りの県軍の軍人達をちらちら見ながら質問する。

「今は半待機だ。冒険者への情報開示も業務のうちだしな。それで内部の情報だが、民間人の退避は完了。販売登録証で本日ダンジョンに入場登録している者はすべて確認できた」

「そうかー。良かった。それは本当に良かった」

俺は最大の心配ごとが杞憂《きゆう》に終わり、大きく安堵《あんど》のため息をつく。

「何だ、恋人がダンジョンで屋台でもやっていたのか？」

陽翔の瞳がからかうような光を見せる。いたずらっぽい笑みで、子供だった頃の面影が甦《よみがえ》る。俺は少し懐かしくなりながら答える。

「そんなわけないだろ。知り合いが結構いるんだよ。それだけさ」

「ふん、そうか」

なぜか先程より笑みを深めて答える陽翔。

「本当なんだが。まあ、いいから続き」

俺はせかしぎみに訊《き》く。

「それで内部の状況だが、最初の広場は、現状まだ確保できている。ガンスリンガー達が中心になって防御線を構築してくれている」

「ガンスリンガー達だけだと継続戦闘が厳しいだろ。近接タイプの中級は？　二つ名持ちの人達とか」

わずかに渋い表情を覗かせる陽翔。

「まだ誰も。皆ダンジョンに潜っているはずなんだが、入り口広場まで戻っていないんだ」

俺と陽翔の間に重めの沈黙が落ちる。

俺から沈黙を破る。

「中の広場は誰がまとめ役をしている？」

「江奈・キングスマンだ。彼女はあと少しで中級だからな」

「江奈さんが……」

俺は、ホッパーソードの柄を握りしめ、ダンジョンの入り口を見つめる。

（これは、やっぱり行かなきゃな）

広場での戦い

俺は陽翔に礼を言うと、ダンジョンの入り口に向かう。

「気をつけてな」

俺に向かって、握った拳を伸ばす陽翔。ガキの時以来だなと思いながら、俺も軽く拳を合わせる。

俺はそのまま陽翔の横を通りすぎると、ダンジョンの入り口を囲む県軍の兵士達に近づく。そのうちの一人に冒険者カードを見せ、中へと通してもらう。

無言で敬礼され、俺も会釈を返して、兵達の人垣を通り抜ける。

目の前にダンジョンの入り口。ダンジョンは洞窟型で、更地に岩が積み上がった形をしている。

俺は最後にステータスを表示させる。

氏名　朽木　竜胆
年齢　二十四
性別　男
オド　21

イド　3　(11)

装備品
ホッパーソード　(スキル　イド生体変化)
革のジャケット
なし
なし
Gの革靴　(スキル　重力軽減操作)

スキル　装備品化'

(当然、まだイドは変わってないよね)

俺はホッパーソードの柄を握りしめ、覚悟を固めると、洞窟型の入り口へと進んだ。

俺がダンジョンに入り、最初に目に飛び込んできたのは、溢れんばかりのカニであった。ショッキングピンク色のカニが、壁のようにガンスリンガー達の敷く防御線まで迫っている。

それはまさにピンク色の悪夢。ショッキングな死の津波。

「ピンクキャンサーが、あんなにっ!」

俺が驚きに一瞬固まっていると、白いマントをまとったガンスリンガー達の一斉射撃が始まる。

響き渡る実包の火薬の炸裂音《さくれつ》に混じり、魔法拳銃の輝く弾道痕が入り乱れ、面で押し寄せるピンクの波が押《お》し止《とど》められる。

額を撃ち抜かれ、脚をズタズタにされ、倒れ伏すピンクキャンサー達。しかし、次から次に湧き出すカニ達が後ろから倒れ伏した同胞を踏みつけ、乗り越え、ダンジョンの出口を求めて殺到してくる。

「左の突出部は受け持つから、中央の殲滅《せんめつ》、確実に処理して！」

江奈の声。その指示がダンジョンに響き渡る。

江奈が火力の薄い左側に素早く移動し、両太ももにつけたホルスターから二丁魔法拳銃を抜く。

そのまま腰だめ撃ちで、魔法弾をばらまく。

それは俺が前に拾いをする時に見た、細い針のような魔法弾とは異質の攻撃であった。

（これが七色王国《セブンキングダム》の二つ名の実力……）

複雑に色の変化する無数の魔法弾が、迫り来るピンクのカニ達に到達する。

次々に色の変化する魔法弾がカニに当たると、その色に応じて、カニ達は様々な死に様を晒《さら》す。

青く光る魔法弾が当たったカニはそのまま凍りつき。

赤い魔法弾が当たったカニは内部から弾けとび、その肉に炎を宿して周りのカニ達も焼き尽くす。

紫の魔法弾が当たったカニはどろどろにとけ、毒の沼と化す。

ランダムに変わっているようにしか見えない魔法弾の色だが、よくよく見ると、一発の無駄弾もなくすべてカニに命中している。しかも、手前のカニのほとんどが氷の彫像となり、その滑る壁でカニ達の進攻を阻む。そのすぐ奥には毒の沼地帯が形成され、さらに奥では連鎖する炎の地獄絵図が出現している。

「あ、もしかしてすべてが、狙ってやってるのか⁉」

俺が驚きに声を漏らすと、後ろからそれに答える声がする。

「エナたん、華麗だねー」

そこには槍《やり》を担いだ冒険者の姿があった。俺は顔を見たことはあるが名前を知らないその冒険者に軽く会釈する。

「おたくも今来たとこ？　お先に失礼ー」

そういうと、槍の冒険者は手慣れた様子でガンスリンガー達の中で、江奈のかわりに指揮をとっているっぽい人に声をかける。そのままカニ達と戦い始める。軽やかな槍の刺突が次々にかに味噌《みそ》に当たる部分に吸い込まれていく。ガンスリンガー達の射線を妨げない巧みな身のこなし。

一気に中央の戦線が安定する。

（近接職の巧《うま》い人はやっぱりすごいな……）

俺は感心しながらそれを見つつ、ガンスリンガー達の指揮官代行に声をかける。

「参戦します！　初級！　武器は剣、遊撃で入ります！」

ガンスリンガー達の指揮官代行の女性が答えてくれる。

「わかった。右側、大外から入れ！」

「了解！」（競馬好きの人、なのか？）

俺はそんな下らないことを考えながら、大きく右に回り込み、ガンスリンガー達のさらに右側から零《こぼ》れてくるピンクキャンサー達に向かう。

俺が入っていた範囲をカバーしていたガンスリンガーの男性と目だけで軽く意思疎通。

少し様子見でフォローしてくれそうな雰囲気を感じたので、重力軽減操作スキルを使い、軽く跳ねて身軽さを見せる。そのまま手を振りフォローを断る。

そうこうしているうちに、さっそくピンクキャンサーが一匹、ガンスリンガー達の放った弾幕の嵐を掻《か》い潜《くぐ》り、こちらによろめき出てくる。

すでに手負いだ。

ハサミが片方欠け、胴体にも弾痕が見える。

それでも衰えぬ戦意を見せ、襲いかかってくる。片方しかないハサミを大きく振りかぶり、叩きつけてくるピンクキャンサー。

重力の軛から常人より自由になっている俺は、易々とその一撃を横っ飛びに避ける。

そのまま、振り下ろされたハサミの根本、関節の隙間を狙ってホッパーソードで切りつける。

キチン質に金属のぶつかる鈍い音が響く。

刃は食い込むが、切り落とすまでは行かない。俺はすぐさま、大きく飛び下がる。

（かってぇ。攻撃、通らなくはないけど……。これが第四層のモンスターか）

ピンクキャンサーはしかし、ハサミへのダメージのせいか、追撃をしてこない。

かわりにブクブクと泡を吹き始める。

その泡が人の頭ぐらいの大きさにまとまったかと思うと、カニの口からふわりと離れ、一気に加速し、まっすぐ俺に向かって飛んでくる。

俺はひょいっとかわす。通りすぎた泡はダンジョンの壁にぶつかり、シューという音とともに、煙が立つ。

カニの口許《くちもと》で、次々に泡がまとまって、ふわりと浮くと、俺に向かって襲いかかってくる。

（これは酸の魔法か？　だが、今の身軽さなら、これぐらいっ）

俺は意識をカニの口許に集中し、泡を次々にかわし続ける。ピンクキャンサーも、傷ついたハサミを使うのを厭《いと》っているのか、泡での攻撃を続けてくる。

俺は徐々に無駄な動きを削《そ》ぎ落とし、最小限の動きで泡の攻撃をかわす。

（あっ、行ける）

半分無意識に、体が動く。

カニの泡攻撃を最小限の動きでギリギリかわし、体勢を維持したまま、全速力でまっすぐに駆ける。

耳元で風を切る音がする。

ピンクキャンサーがまた、泡を出し始める。

（遅いな）

俺は易々とカニの懐に潜り込む。

全速力で走り込んだ勢いをすべてホッパーソードの切っ先に乗せ、カニの弾痕に滑り込ませる。

するりとしたあっけない感触でカニの体内に切っ先が入り込む。

（あ、抜けない？　ヤバい、か……）

一瞬焦るが、次の瞬間ピンクキャンサーは光の粒子となり、消える。飛び出した粒子が一つにまとまり、俺の足元に装備品となって結実する。

（やった！　倒したー。そして新装備、きたーっ！）

俺は屈《かが》んで、新しい装備を拾う。

思わず、まじまじとその新しい装備品を見てしまう。

ピンクキャンサーに勝利した証《あかし》、俺が初めて第四層の強敵を撃破した証である、それを。

それは、ピンク色のミトンであった。

「なかなか、ファンシー、だな……」

ピンクのミトン

俺は軽く周りを見回し、誰も見ていないことを確認すると、手早くミトンをつける。片手分しかないので、とりあえず左手につける。
ステータスを表示させる。

氏名　朽木　竜胆
年齢　二十四
性別　男
オド　24（3増）
イド　4（11）

装備品
ホッパーソード　（スキル　イド生体変化）
革のジャケット
カニさんミトン　（スキル　強制酸化）

なし
Gの革靴（スキル　重力軽減操作）
スキル　装備品化，

「か、カニさんミトン……」

言われてみればデフォルメされたカニの爪のようにも見えるデザイン。しかし、あんまりなネーミングに、カニさんミトンを思わず投げ捨てそうになる。

必死に自分を抑える。

（落ち着け落ち着け。少なくともオドは3も上がっている。しかもスキルだってついているんだ。多少見た目があれで名前がひどくても……）

俺は一度、深呼吸をする。

（切り替えろ、切り替えるんだ自分ー。ふぅ。この強制酸化ってなんだろうな？　これも聞いたことのないスキルだ。多分、何かを酸化するんだろうけど）

そこで俺は重大なことに気がつく。

「あっ、カニさんのさんって酸化の酸か」

思わず呟きが漏れる。

なんだか脱力してしまい、ステータスを閉じる。その時、ちょうど次のピンクキャンサーが弾幕を掻い潜って俺の所まで来る。

俺は向かってくるピンクキャンサーを迎え撃つ。振り下ろされるハサミをひらりひらりとかわし、根本を切りつけ傷つける。

両方のハサミが傷つけられると、やはり酸の泡を飛ばしてくるので、隙をうかがって全速力で駆け寄り、かに味噌目掛けてホッパーソードの切っ先を突っ込む。

(さっき倒したから、何となく攻略法が見えてきた。それにオドが上がって、攻撃が通りやすい。一丁上がり、と)

その後も、散発的に流れてくるピンクキャンサーを処理しつつ、ガンスリンガー達の様子をうかがう。本隊の指揮が良《い》いのか、うまく補給を回して戦線を維持しているようだ。

江奈は一人で左側の戦線を支えている。無数のピンクのカニの氷の像が立ちならぶ景色は、どこぞの悪夢のようだ。

このまま耐えきれるかと思った時だった。

そいつが、現れた。

広場の入り口にたむろしていたピンクキャンサー達が撥《は》ね飛《と》ばされる。うにうにと動く無数のカニ足が、通路から飛び出してくるのが見える。その下敷きになったピンクキャンサーは甲羅ごと踏み潰されてしまっている。

次いで、巨大な胴体部分が現れた。

そいつは、通路いっぱいいっぱいの大きさをした巨大なピンクキャンサーだった。

横歩きの状態で通路を通ってきたのだろう。ピンク色の偉容を誇るが、所々壁に擦れたのか引っ掛かったのか、すり傷が無数にある。

「変異体！　大きくなりすぎて、外を求めたか」

ガンスリンガーの誰かの声が聞こえてくる。

(でっけー。あれが変異体ってやつか。てことは、今回のスタンピードの元凶か)

その大きさは、今いる広場でもきつそうに見えるほどの大きさだった。

しかし、巨大ピンクキャンサーはそれでも広いことが嬉しいのか、明らかにカニよりも本数の多い脚を広げ、蠢《うごめ》かす。その度に周りにいる無数のピンクキャンサーが潰されていく。

次に、広さを堪能しているかのように、四本もある巨大なハサミを無茶苦茶に振り回し始める。

(あ、ヤバい！)

振り回された巨大なハサミに、前衛で他のピンクキャンサーと戦っていた槍の冒険者の体が、引っ掛かる。信じられないスピードで撥ね飛ばされ、ダンジョンの壁に激突する槍の冒険者。

激しい衝突音。そのまま、どさりと地面に落ちる。

ガンスリンガーの一人が手当てに向かうが、ピクリとも動かない様子がここからでも見える。

俺は、戦慄しながらその様子を目で追っていた。

その時、江奈の号令が響き渡る。

「全体、後退しながら全力射撃！　戦線を放棄する。しんがりは私がやるわ！」

それは、撤退を告げるものであった。

桃色巨大蟹《ガニ》戦

ガンスリンガー達が、残弾や、残していたイドを惜しみ無く使い、激しく撃ち始める。

一層轟《とどろ》く火薬の炸裂音。乱舞する魔法弾の光。

それは横から見ていても目と耳が痛くなるほどの迫力を持っていた。

立ち込める煙と光で巨大ピンクキャンサーの姿が隠れる。

そして、そのままゆっくりと下がりだすガンスリンガー達。

(さすがの巨体も、これだけの攻撃に晒されたら……)

俺のそんな感想がフラグだったのだろうか。ぬうっと巨大なハサミが、立ち込める煙を割って突き出されてくる。

その正面には、移動してきた江奈の姿が。

二丁魔法拳銃を構え、つき出されてきた巨大なハサミに魔法弾を乱射する。

七色に変化する魔法弾の軌跡。

着弾。

着弾する度に、白い閃光《せんこう》がハサミの上で輝く。白色の魔法弾は衝撃波に変化するようだ。閃光が煌《きら》めく度に、ハサミが押し戻されていく。

しかし、ダメージが通った様子は見られない。

膠着状態《こうちゃく》に陥る江奈。

その顔色は悪い。元々白い肌が、今は青白くなってきている。

(江奈さん、イドの枯渇が近いのか⁉)

俺は心配になって江奈の顔色を注視する。イドの減少による精神的苦痛が江奈の表情を歪《ゆが》める。

その精神的苦痛のせいか、江奈の指がもつれ、魔法弾を撃ち出すリズムが狂う。

狂ったリズムで撃ち出された魔法弾は、着弾した時に赤く光る。その魔法弾は炎となる。

その炎は、巨大ピンクキャンサーのハサミの甲羅をわずかに焦がすが、すぐに消えてしまう。

衝撃波によるノックバックが無くなった巨大ピンクキャンサーはその長くて強靭《きょうじん》な無数の脚を折り曲げ、力をためると、大きく跳躍する。

そのまま、江奈を下敷きに潰そうとする巨大ピンクキャンサー。イドの減少による精神的苦痛に苛まれていた江奈はふらふらで、避けるのが遅れる。

「危ない！」

一連の流れを注視していた俺は、重力軽減操作のスキルで全身を軽くする。数日前の五割増しまで増加したオドによる体の強化と相まって、驚くほどの速度で江奈目掛けて突っ走る。そして江奈をかっさらうように抱き上げると、そのまま走り抜ける。

「ちょっとっ！　朽木っ？」

俺がこっそり江奈さんにも重力軽減操作のスキルを使ったのは秘密だ。

「下ろしなさい！　まだ戦えるわ！　それに……恥ずかしいし」

叫びながら、じたばたと力なく暴れる江奈。

「こんな時に何言ってるんですか。だいたいフラフラじゃないですか。さっさと逃げますよ」

俺が腕の中にいる江奈に向け、呆《あき》れ声で言ってると、江奈は急に顔を引き締め、叫ぶ。

「朽木、避けろ！」

ダンジョンの出口目掛けて一直線に走っていた俺に向かって、巨大な泡が迫る。

とっさに急制動をかけ、横っ飛びに力一杯飛ぶ。間一髪、俺達のすぐ脇を通り抜ける巨大な泡。

俺はそのまま江奈をしっかり抱えて、地面をゴロゴロと転がる。

「あたた。大丈夫ですか、江奈さん？」

俺は急ぎ起き上がりながら声をかける。

「ええ。なぜかいつもより体が軽く感じられたから。大したことないわ。しかし、逃げられなくなったわね」

俺は、ちょっと気まずくて目を合わせないようにしながら、江奈の視線の先を追う。するとそこには、ダンジョンの出口を塞ぐようにして巨大な酸の池ができていた。

俺が巨大ピンクキャンサーを振り返ると、次の泡を口に作り始めている様子。なんだか巨大ピンクキャンサーが勝ち誇ったように見えるのは、目の錯覚じゃない気がした。

（ちゃんと考えられる脳味噌が、かに味噌のかわりにつまってたりして？）

俺は下らないことを考えながら、倒れたままの江奈を再び急いで掬《すく》い上《あ》げるように抱き抱える。

巨大ピンクキャンサーの口許には複数個の、人の頭ぐらいの大きさの泡が作り出されていく。

「複数個いっぺんに出せるんだ……」

俺が思わず呟く間に、作り出された泡達が巨大ピンクキャンサーの口許を離れ、ふわりふわりと浮いたかと思うと、一斉に俺達目掛けて発射される。

俺は江奈を抱えたまま、何とかギリギリでそれを避け続ける。

複数個の攻撃。腕の中の江奈。

先ほどまでの最適な動きでの回避とは全く異なる、全力をもってして、何とか、かわしている状況。

当然それは無理な体勢の連続となり、体力的にも消耗が激しい。

俺は徐々に追い詰められ始める。

俺がギリギリなのに当然気づいている江奈は、おとなしくしていたが、ついに口を開く。

「朽木、そんだけ身軽に動けるようになったんなら……」

言いよどむ江奈。

しかしすぐに早口で続きを話し出す。

「朽木一人なら、あの酸の池、飛び越えられるんでしょ。私のことは置いていって」

思わずまじまじと腕の中の江奈の顔を見てしまう。

そのせいで、危うく酸の泡を浴びそうになる。寸前で何とか回避する。

俺は答える。

「やだなー。こんな時に、そんな冗談。危うくカニのよだれまみれになるとこでしたよ」

俺はできるだけ、軽い感じで答える。先ほど見た江奈の顔が死を決意したものに見えて。

(あんな顔されちゃあね。男の子は逆に頑張っちゃうんだよね、江奈さん)

俺は打開策を求め、ない頭を振り絞り始めた。

俺はチョロチョロしている通常個体のピンクキャンサー達を力ずくで蹴飛ばし、時たま踏みつけ、飛び越える。

その間にも巨大ピンクキャンサーは攻撃の手を休めてくれない。ぶっちゃけ忙しい。

「朽木、一度下ろして。私も戦う」

江奈がまたそんなことを言い始める。俺は忙しいなか、何とか返事する。

「いやいや、イドはそんなにすぐには回復しないでしょ。よっぽど精神的に活性化、それこそ興奮して鼻血が出るぐらいのことがなけりゃあ……」

なぜか顔を真っ赤にして怒鳴ってくる江奈。

「バカっ。いいから下ろして。もう動けるぐらいには回復した。それに予備の実弾もあるわ」

「まあ、それなら」俺は返事をし、タイミングを見計らって江奈を下ろす。

もちろん重力軽減操作を解除しておくのは忘れない。そのタイミングで、ちょっとよろける江奈。

思わず支えようと手を出すと、バシッと払われる。

「……元気そうですね」

無言で睨んでくる江奈。

その間にも、カニ達の攻撃が迫ってくる。互いに左右に分かれ、迎撃に移る。

俺は迎撃しながら江奈に話しかける。

「江奈さん、七色王国《セブンキングダム》は二回ぐらい撃てそうですか？」

「ええ」

イドの回復の件ですっかりへそを曲げたのか、素っ気ない返事。

（撃てるなら、もしかしたら、いけるかもしれない）

「江奈さん、俺が合図したら巨大ピンクキャンサーの脚に向かって青の七色王国《セブンキングダム》をお願いします」

「……ああ。だが、あれほどの巨体。相当のオドだと思う。大して凍らないわよ？」

「大丈夫！　任せてください」

俺は自信満々に見えるように答える。俺は迎撃しながらステータスを開く。

周りの通常個体のピンクキャンサーが邪魔だ。

氏名　朽木　竜胆
年齢　二十四
性別　男
オド　24
イド　8（11）

装備品
ホッパーソード（スキル　イド生体変化）
革のジャケット
カニさんミトン（スキル　強制酸化）
なし
Gの革靴（スキル　重力軽減操作）

スキル　装備品化’

俺もイドが回復しているのを、確認する。

（これじゃあ足りない可能性あるよな。仕方ない。生きるか死ぬかの瀬戸際だしな）

俺は、周りのピンクキャンサー達が片付き、巨大ピンクキャンサーが壁に近づいたタイミングで、江奈に近づきながら声をかける。

「江奈さん、七色王国《セブンキングダム》を！」

「ああ。サービスよ。受けとれ、カニ野郎っ」

江奈は四発の魔法弾を連射して撃つ。すべてが見事、巨大ピンクキャンサーの脚先に命中。

凍りつき地面にそれぞれの脚が固定される。

突然の事態にジタバタもがく巨大ピンクキャンサー。それだけで、凍りついた脚の氷にヒビが入り始める。

「さすが江奈さん」

俺は巨大ピンクキャンサーに向かって走り出す。

すでに、脚の氷は二つ、割れている。

（ありゃ。割れるの早いねー。それでもっ！）

俺は巨大ピンクキャンサーの懐に到達する。振り下ろされるハサミ。

何とか掻い潜ると、ジャンプし、そのままハサミに飛び乗る。

俺が乗ったことに気づいたのか、ハサミを振り上げて撥ね飛ばそうとする巨大ピンクキャンサー。

俺は、自身の重力軽減操作はきり、ハサミに重力軽減操作をかける。そしてそのままハサミが振り上げられる勢いを利用し、壁に向かってジャンプする。

空中で自身に重力軽減操作をかける。

俺は無事に壁に取りつき、軽くなった体を支える。

後ろを見ると、巨大ピンクキャンサーは、よろけている所だった。

脚が固定されたまま、振り上げようとしたハサミが想定よりも軽くなっていたのだ。当然、勢いのままに、のけ反る姿勢になる。

そのままひっくり返るかという淡い期待はさすがに裏切られる。

踏ん張った巨大ピンクキャンサーが姿勢を正す。

しかし、すっかり意識が俺からはそれている。

(ひっくり返るのが理想だったけど仕方ないね)

その隙をついて、俺は目の前に戻ってきた巨大ピンクキャンサーの甲羅の背に、飛び乗る。

右手で逆手に構えたホッパーソードを甲羅の突起に引っかけ体を固定する。

そして左手のカニさんミトンを甲羅にあて、強制酸化のスキルを発動した。

イドの消費と引き換えに酸化が始まる。

「うまくいってくれっ」

俺は祈るような気持ちで呟く。

(あ、行けそうかも?)

感覚的に、思っていた通りの作用が起きていることが把握できる。

(でも、イドが、あっという間になくなっていくわ、これ。やっぱりこのまま、イドの枯渇死ルートですかね)

急激に精神的に蝕まれていく俺の足元で、巨大ピンクキャンサーも泡を吹き、苦しそうに暴れている。

ホッパーソードを支えに、何とか甲羅の上に留まる。

そうしているうちに、カニさんミトンを中心に巨大ピンクキャンサーの甲羅がぼろぼろになり、崩れていく。その崩壊は脚へ、ハサミへと広がっていく。

外骨格ゆえに、それが崩れることで徐々に動きが制限されていく巨大ピンクキャンサー。

しかし、それは俺のしていることの副産物でしかなかった。

俺はカニさんミトンで、巨大ピンクキャンサーの体内の水分に含まれる酸素を、甲羅のキチン質に強制的に結合させていた。

そのため、キチン質が強酸を掛けたかのようにぼろぼろになっていく。

しかし真の狙いは、ピンクキャンサーの呼吸を奪うこと。カニはエラの周りの水分に含まれる酸素が無くなると窒息死してしまう。カニと同じ生態であれば、ピンクキャンサーも息ができなくなるはずだ。

実際に、泡を吹き続ける巨大ピンクキャンサー。その動きは明らかに鈍いものとなってきている。

しかし、残念なことに、俺もイドの残りが、危機的なまでに少なくなってきた。

（やっぱり、イド足りなかったかも。何とかなるかと思ったんだけどなー）

最後に大きく痙攣《けいれん》する巨大ピンクキャンサー。しかし、俺も同時に意識を失い、そのまま甲羅から落下してしまった。

ピンクの魔石

意識が徐々に浮上してくる。

背中がゴツゴツして痛い。

（あたたっ、甲羅から落ちた⁉　敵っ！）

ガバッと起きる。

青空に、太陽が傾き始めている。ダンジョンの入り口が見える。

外のようだ。辺りには沢山の冒険者や県軍の兵士達。

「目がさめたか」

後ろから声がする。

急ぎ振り返ると、仁王立ちで腕をくみ、こちらを見下ろす江奈の姿が。

「江奈さん、無事だったか。カニはどうなった⁉」

無言で何かを差し出してくる江奈。

受けとると、それはゴツゴツした拳大のピンクの魔石だった。細かい突起が沢山ついた不思議な形。しかし、何となく嫌な雰囲気を発している。

（でかっ！　巨大ピンクキャンサーの魔石か。こんな形、見たことないなー。でも、魔石があるっ

てことは、結局倒せていたのか。それに、脱出もできたんだな。良かったぁ）

俺はそこで相変わらず無言でこちらを見下ろす江奈の姿をちらりと見る。

ついに、江奈が口を開く。

「朽木、貴方《あなた》まだろくに二層にも潜っていないわよね。それなのに、一人で突っ走って……。死んでたかもしれないの、わかってる？」

その言葉に、威圧感を、ひしひしと感じる。

お小言の雰囲気が、ひしひしと伝わってくる。俺は覚悟を決める。ゆっくりとした動きで、足を揃え、直立不動になる。

江奈の顔を正面から見据え、その視線を一度しっかり受け止める。そんな俺の姿を見て訝《いぶか》しげな表情をする江奈。

「な、何？」

俺は、そのまま勢いよく、腰を九十度に曲げる。

「心配かけて、もうしわけない！」

腹の底から声を出し、謝罪の言葉を叫ぶ。

辺りに響き渡る俺の魂のシャウト。

何事かと周りにいた人達がこちらに注目するのがわかる。

「いや、ちょっと！　そういうのはいいから頭を上げてっ！」

江奈の慌てた声。

俺は頭を下げた姿勢を維持する。

江奈がさらに慌てたようにキョロキョロすると、再び俺に頭を上げるように言う。

無言の俺。

（お小言を回避するには、これしかないっ、はず）

江奈は、無言の間に耐えられなくなって、叫ぶように言う。

「そういうのはっ！　いいからっ！　さっさと頭を上げてっ！」

しばらくの無音。叫んで荒くなった江奈の呼気の音だけが聞こえる。

ゆっくりと俺は顔を上げる。

（このまま、誤魔化せるかな……）

俺は自分よりわずかに高い位置にある江奈の頭をぽんっと叩いて、言う。

「心配してくれて、ありがとう。二人とも生き残れて良かったよ」

「なっ！」

顔を真っ赤にして、口をぱくぱくさせる江奈。

ちょうどそのタイミングで、陽翔と冒険者協会の制服を着た役人が足早に近づいてくる。

陽翔が声をかけてくる。

「何やっているんだ、相当目立っているぞ」

そして陽翔は役人に向かって俺を指差して話しかける。

「こっちが朽木竜胆です。それでは、小生はこれで」

立ち去る陽翔。

「あ、はじめまして。朽木さんですね」

役人は手元の端末を見て、俺の顔と照合すると話しかけてくる。

「私、こちらの冒険者協会の支部の者ですが、支部長より召喚状をお届けに上がりました。こちらです」

今どき珍しいペーパータイプの召喚状をバインダーから取り出し、渡してくる。

「え、人違いじゃないですかね？」

手渡された召喚状には俺の冒険者番号が載っていた。

「至急の出頭をお願いいたします。もしよければこのまま私がご案内します」

そういって役人は俺の返答を待つ。

俺は仕方なく返事をする。

「あー。はい、わかりました」

俺はまだまだ口をぱくぱくしている江奈に声をかける。

「というわけなんで、それじゃあね、江奈さん」

俺は役人とともに冒険者協会の支部のあるビルを目指す。

十数メートル離れた所で江奈から声がかかる。

「朽木の、ばかーっ！」

江奈からの悪態に、軽く右手を上げて応えておく。

俺の目の前には、この地域の冒険者協会の支部長が座っている。

にこにこと、人の良さそうな笑みを浮かべる初老の痩せた男性。しかし、こちらを見ているがその目に宿る怜悧《れいり》な光が、人の上に立つものの貫禄《かんろく》をいやが上にも示している。

バイト以下の底辺冒険者にとっては雲の上のって感じの相手だ。どうやら噂通りの切れ者っぽい。

支部長が口を開く。

「やあ、朽木君。今回はご苦労様。活躍はきいたよ。座って座って」

「あ、はい。ありがとうございます。でも、ガンスリンガーの皆の活躍ですよ」

俺は手前のソファーに座りながら答える。

(あー。名乗らないタイプの人か。当然自分の名前は知っているだろうと思ってるんだろうな)

「もちろんもちろん。しかし、止めを刺したのは朽木君なのだろう。それで、さっそくなのだがね、巨大ピンクキャンサーの魔石を売ってもらいたいのだよ」

「……よく私がキングスマンさんから魔石を預かっているとわかりましたね」

「ああ、それは本人から聞いたからね。止めを刺したのは君だから君に魔石を渡すと言っていたよ」

「そうですか。もちろん売るのは構いません。元々協会で売るつもりでしたし。ただ……」

「なんだい？　言ってごらんなさい」

「討伐に参加したガンスリンガーの方達へ、売上の分配と貢献ポイントもお願いしたいのですが」

「ああ、もちろんだよ。貢献ポイントは規定に則ってつけておくよ。売上の方も、手配しておこう。しかし、売上を分配するなんて欲がないね、朽木君も」

「ご配慮、ありがとうございます。皆の手柄ですから、魔石の売上の分配は当然ですよ」

（なんだ、やけに優遇してくるな。売上の分配はともかく、貢献ポイントの付与も快諾してくるなんて。よっぽどのことがあるのか。深入りしない方が無難か？）

そんな俺の思惑とは裏腹に、勝手に語り出す支部長。

「いやー。しかし快諾してくれて良かったよ。その魔石、なんか変でしょ。やけにゴツゴツした突起がついていてさ。初めてみた時に、何か不気味な感じがしなかった？」

「……そうですね」

「そういや、今、全世界同時多発的にダンジョンで活性化が起きているみたいなんだよね。いくつものスタンピードが観測されているし。朽木君はダンジョンの総数は知ってる？」

「いえ……。沢山あるとしか」

「沢山っ！　いや、まあ沢山あるんだけどね。それでさ、ここ百年で初めてその沢山あるダンジョンの、増加が観測されたんだよ」

「なんでわざわざそんなことを俺に？　それって、オフレコの情報なんじゃあ」

「なーに。すぐにマスコミにも発表される情報だよ。なぜ、君に話すかというとね。まあぶっちゃけ協会は今回の観測史上初とも言える世界同時多発的活性化のことを調べているわけ。それで、朽木君にも、何か知ってることはないか聞こうと思ってね」

（つまり、反応を探ってたわけか。しかし、なんで俺なんかの？）

「いやー、特にないですね。ダンジョンの浅い所で小銭を稼いでるような人間なもので」

「そうだね。二年間、ほぼ一層にしか入っていなかった君が、まさかスタンピードのボスを倒すなんてね。大金星だよね」

「たまたまですよ」

俺はやな予感がし、言葉少なく答える。

（なんか目をつけられるようなこと……スキル付きの装備品、か？　何にしても面倒ごとは避けたいな）

そんな俺の様子を逐一観察しているような支部長の視線。

「そうかいそうかい。まあ、何にしても今後の活躍、期待してるからね。ああ、実際の魔石の受け渡しは下の特別室を使ってくれたまえ」

それが退室の合図だったのだろう。俺は暇乞《いとまご》いを告げ、支部長の部屋を出る。

特別室とやらの存在は噂には聞いていた。受付の奥にあるその部屋はトップランナーの冒険者達が常用している場所らしい。俺は階段を下りると受付に声をかけた。

そして、無事に魔石の受け渡しを終えた俺は、いつものネカフェに向かっていた。

先ほどの特別室でのことを思い返しながらてくてくと歩く。

（金のかかった部屋だったなー。対応の人も丁寧で。あれで冒険者をいい気分にさせてうまく転がしているんだろうな）

よく行くコンビニが見えてくる。

今日は疲れたから食べに行くのも億劫《おっくう》なので、コンビニで済ませることにする。

懐もあたたかいので、ホットスナックを中心に、贅沢に食べ物を買い込む。

（あんまんと肉まん、どちらにしようかな。よし、ここは両方、買おう！　あっ、ピザまんという伏兵がバックヤードから！　これは三つ、いくしかない！）

コンビニを出る時にはなかなかの荷物になっていた。

（今日は念願のあれ、やっちゃおうかな）

ネカフェにつく。

俺は受付に行くと、店員に声をかける。

「ファミリールーム、フリータイムでお願いします！」

第二層へ

俺は第二層の入り口に来ている。

昨日、スタンピードがあったばかりだというのに、第一層の広場は喧騒《けんそう》に満ちていた。

もちろん、そこかしこにスタンピードの落とした影は見えた。誰もがいつも通りに振る舞えているわけではない。

見知った顔が休んで、ぽかりと屋台が空いていたり、屋台自体が傷ついて応急処置で営業している者もいた。

そんな屋台で話される話題は一つ。

支部長の話していたダンジョン全世界同時多発的活性化のニュースは昨日の夜にはネットを駆け回り、今朝のテレビのニュースはこの話題が席巻《せっけん》したらしい。

様々な評論家達が明るい未来、暗い未来を我が物顔で語り出す。

ダンジョンの活性化は様々な可能性をもたらす。

新たな未知のモンスターは新たな資源になりうる。ユニークスキルの解析が次の技術革新をもたらす可能性も高い。

もちろん、スタンピードの発生による人的被害。ダンジョンの因子の拡散によるモンスターの

『湧き』で、居住区域の圧迫等も生じ始めている。

しかし、最前線にいる冒険者達は、皆、いつも以上に活発に活動をしている。

新たなる可能性を求めて。

新たな危機を阻止しようと。

それにつられるように、商売をする者達も盛んに声を張り上げ、今が稼ぎ時とばかりに売買に勤《いそ》しむ。

俺も数人の顔見知りと互いの無事を祝い、珍しく買い物までした。

折れた鉈を買い換えたのだ。巨大ピンクキャンサーの魔石のおかげで懐はまだまだあたたかい。

そうして最初の入り口を抜け、洞窟状の通路を進む。第一層は特に気をつけるポイントもなく、地図も完全に解明されている。

俺は迷うことなく、第二層へと続く扉に到着した。

それは、何でもないただの通路にぽっかりと浮いている、地面からは二十センチぐらい離れた空中にある扉の枠。

しかし、その大きさは不定形である。人一人が通るのがやっとの大きさから、通路のほぼすべてを占めるぐらいの大きさまで、ゆっくりと変化を続けている。

枠の中は真っ暗で何も見通すことのできない闇が満ちている。反対側からも同じく闇が満ちているのが見える。

俺はある程度扉が大きくなったタイミングで、二層へと続く闇へと一歩踏み出した。

闇の中に体が入っていく不思議な感覚。

物理的な抵抗は一切ないはずなのに、なぜか、ぬぷぬぷと、体が横に沈み込んでいくような幻覚に晒される。

そして気がついた時には第二層に立っていた。

周囲の警戒を行う。

背後には俺が今通ってきた扉。

モンスターの気配はない。

(何もいない、よな)

二層も一層と同じく洞窟タイプのダンジョン。

ただ、その壁や床の質感だけが違う。

一層が黒っぽい岩の洞窟のようであったのに対し、二層はより土色に近い。

俺は、慎重に足を進める。

すぐ近くの壁まで来ると、壁を背に立ち、死角を減らす。

第二層からは人を殺しうるモンスターが出るのだ。

俺はスマホを取り出し、月額有料地図アプリ『ダンなび』を起動する。スマホにダンジョンの地図が表示される。

俺が今入っているような、人の手がある程度入っているダンジョンは、各層に基地局が設置されている。

各基地局同士を繋《つな》ぐ技術は、とあるユニークスキルを解析して開発された新技術が使われているらしい。

まあ、なんにせよ、俺みたいな冒険者にはありがたい話である。たとえ月額有料制だろうが。

俺は『ダンなび』に従い歩き始める。しかし、スマホばかりに気をとられているのは致命的だ。

そう、ここには、出るのだから。

ちょうど俺の前方、壁にへばりついている。

そこには第二層のモンスター。

俺の身長ぐらいある黄色のナメクジ、イエロースラッグがいた。

イエロースラッグ戦

イエロースラッグは、ナメクジのように見えるが、大きな違いが一つある。それは触角が四本あることだ。

目の前の壁に張り付いているイエロースラッグも二対目の触角を振り回し、攻撃態勢をとっている。

鞭《むち》のようにしなる触角を伸ばし、イエロースラッグが攻撃してくる。

俺は素早く自身に重力軽減操作のスキルをかけ、前に転がりながら迫り来る触角をかわす。

俺の立っていた地面を抉りながら、触角が通りすぎる。

「すごい威力。でも、本体の足が遅いのは致命的だね」

俺は転がった勢いのまま素早く立ち上がり、イエロースラッグとの距離を縮める。

洞窟の壁の上の方に張り付いているイエロースラッグ。普通の冒険者であれば遠距離攻撃の手段がなければ攻撃しかねるような場所取り。

しかし、俺は軽くなった体で、洞窟の窪《くぼ》みに手をかけ、足をかけ、素早く登っていく。

その間にも振るわれる鞭のような触角。時にかわし、時にホッパーソードで弾き、ついにイエロースラッグに手の届く距離まで接近する。

俺はイエロースラッグの壁の上の場所を取ると、まずは伸びる触角の根本を狙って切りつける。

次に、手の中でくるりと逆手に持ちかえたホッパーソードを、突き刺す。

急所がわからないので、とりあえず何度も何度も様々な場所を突き刺していく。

みっちりと肉の詰まった感触が手のひらに生々しく伝わってくる。

イエロースラッグの全身を満遍なく突き刺し、一度ホッパーソードを抜くと、渾身の力を込めて足で蹴り落とそうとする。

粘液でべったり壁に張り付いたイエロースラッグ。しかし、二度目の蹴りで何とか壁から剝がすことに成功する。

地面に吸い込まれるように落下していくイエロースラッグ。地面に激突すると一度大きく跳ね、そのままびたっと地面に張り付く。

俺は慎重に地面に降り立つと、イエロースラッグを両断しようとホッパーソードを振るおうとする。

その直前で息絶えたのか、粒子化し始める。

(装備品化きたっ)

俺はホッパーソードを振り上げたまま、その様子を見守る。

そして無事に倒せたことを理解すると、振り上げたままの姿勢でいたことがちょっと恥ずかしくなる。

軽く咳払《せきばら》いすると剣を収め、粒子の様子を見る。

イエロースラッグだった粒子は結実し、黄色い縄のようなものになる。
俺は急いで手に取る。どうやら鞭のようだ。
ホッパーソードを一度外し、鞭を持ってステータスを開く。

氏名　朽木　竜胆
年齢　二十四
性別　男
オド　24
イド　7（4減）

装備品
ツインテールウィップ（スキル　モンスターカードドロップ率増）
革のジャケット
カニさんミトン（スキル　強制酸化）
なし
Gの革靴（スキル　重力軽減操作）

スキル　装備品化，

「えっと、なになに。名前はツインテールウィップ？　やっぱり鞭なのか。でもツインテール？」

俺は手に持つ鞭をよくよく調べてみる。

「この、先が二股に分かれているのがツインテールってことか？　でもどちらかと言えば、色的にもナメクジの触角だよな。いや、確かにあれも見ようによっては、ツインテールっぽいけどっ！でも断じてそんなに可愛《かわい》いものじゃないだろ！」

俺は相変わらずの装備品のネーミングに脱力しかける。

「まあいい。それで、オドとイドは……。うん、オドが3上がるってことか。ホッパーソードの方が優秀だな。まああっちは三層の装備品だし当然か。スキルはよくわからないな。モンスターカード？」

俺はモンスターカードが何か頭を悩ませるが一向にわからない。

「……聞いたことない単語だ。モンスターのカードなんだろうけど。まあ、いいや。検証は一層でやろう。装備はホッパーソードにしておく。いざという時の回復手段も必要だしな」

武器の装備が一種類しかステータスには反映されないので、俺は鞭をしまい、ホッパーソードを装備し直した。

それから俺は二層を探索し続ける。スマホ片手に迷わないように気をつけつつ、周囲の警戒も怠らない。

しかし、そんな警戒を掻い潜って、真上からイエロースラッグの触角攻撃が来る。

ギリギリで避ける。

（あ、焦ったー）

俺はコロコロ転がりながら触角攻撃を避け続ける。天井にべったり張り付いたイエロースラッグ。

（あれって、壁を伝っても届かなくね？）

俺は周りの様子を見るが、剣での攻撃は早々に諦める。

（さっそく出番か）

俺は触角攻撃をかわしながらツインテールウィップを取り出す。

鞭での攻撃は初めてだが、なんとなくあたる直前に手首を返して先端に加速度を集中させるようなイメージだけはある。

とりあえず鞭を振り上げる。

長さは十分。しかし、全く別の天井の場所を叩いてしまう。しかし、天井には軽く抉れた跡がついた。

（威力と距離は十分。しっかし、扱いが難しい……）

俺は疎《おろそ》かになりがちな回避に気をつけつつ、何度も何度も鞭を振るう。

十数度目にして、ようやくイエロースラッグに命中する。

ピギャっという音をたて、イエロースラッグが地面に落ちる。しかし、まだ死んでいないのか、もぞもぞと動いている。

俺は練習も兼ね、何度か鞭をふるい、ようやく鞭が当たり始める。しばらくすると、イエロースラッグは息絶えたのかおとなしくなる。

俺は鞭をしまい、ホッパーソードを装備してイエロースラッグに近づく。

「よっしゃ。倒した！　解体すっか」

俺は新品の鉈を取り出すと、イエロースラッグの腹を裂き始める。スマホを見ながら、小さな小さな魔石を取り出し、肉のおすすめの部位を切り取る。

「ここが、美味《おい》しいのか。なになに、エスカルゴ以上の旨《うま》みが詰まっているんだ。ふーん」

俺は切り取ったイエロースラッグの肉をジッパー付きビニール袋にしまうと、次のイエロースラッグを探して探索を続けた。

発動

俺はその後もイエロースラッグの討伐を続けた。

慣れてくるとツインテールウィップもなかなか便利だ。特に届かない場所にへばりついているイエロースラッグを叩けるので、効率がいい。

もしこれがなかったら今日の討伐数は三割以下だっただろう。まあ、まだまだ外す方が多いのだが。ほとんど動かないイエロースラッグでこれだと、動く敵に当たるのはいつになるかわからないな。

そんなこんなで、俺は半日で二十匹を超えるイエロースラッグを討伐し、その魔石と肉を手にいれることに成功した。

持ってきたリュックはほとんど肉でパンパンになっている。

今はホクホク顔でお昼ご飯中である。お昼ご飯はコンビニで調達してきたサンドイッチだ。今日は贅沢に缶コーヒーで流し込む。

いつもは使い古しのペットボトルにネカフェで入れた水なのだ。

（ドリンクバーのドリンクをペットボトルに入れているのが見つかると、怒られるんだよなー）

缶とはいえ、労働のあとのカフェインは別格だ。集中力の維持のためには、このカフェインは必須なのだと、自分への言い訳をする。

さて、今日の稼ぎだが、肉の状態にも依《よ》るが、魔石と肉セットで五百〜七百円ぐらいで買い取りのはずなので、半日で一万円を超えるのは確実だ。

ソードグラスホッパーに比べると確かに落ちるが、Gとは比べ物にならない稼ぎだ。特に半日空くのが素晴らしい。

俺はこのあと、一層に戻りやりたいことがあったのだ。そう、スキルの検証。もともとイド生体変化と、強制酸化にはまだまだ可能性があるのではと、ネカフェに帰ってからもずっと考えていた。

今はさらに、謎のモンスターカードドロップ率増スキルを調べるという楽しみもできた。しばらくは午前中はイエロースラッグを狩り、午後は楽しい楽しい検証作業の予定だ。

サンドイッチを食べ終わった俺はさっそく一層に戻ることにする。

スマホで最短経路を検索。あとはイエロースラッグに気をつけながら帰還するだけ。奴らは足は本当に遅いので、たとえ遭遇しても今のように荷物が多い時は、触角の攻撃をかわして走って逃げるのもさほど難しくはない。

歩いていると、壁にへばりつくイエロースラッグを発見。こんな時に限って、立って手が届くような高さにへばりついている。

しかし、倒しても荷物がいっぱいなので、そのまま走り抜ける。

俺が走るのに合わせて横薙ぎに振るわれる触角の鞭。

俺は重力軽減操作の恩恵を最大限生かして、前方宙返りでかわしてそのまま走り去る。

その後も何度かイエロースラッグに遭遇するが、無事に逃げ続け第一層に戻る扉まで帰ってきた。

「これで一息つけるな。初めての本格的な探索だったけど、これって大成功だよね」

俺はどこか浮かれた気分で、枠が大きくなった瞬間を見計らって扉に足を踏み入れる。

体がちょうど半分扉を通りすぎた時だった。突然、真っ暗な扉の枠の中の闇が、溢れだす。同時に枠がどんどん狭まり始める。

半身を扉の中にすでに入れていた俺は、溢れだした闇に捕らわれ強引に扉の中へと引きずり込まれていく。

物質的な実体を持たないはずの闇が、まるで植物の根のような形をとり体に巻き付き、覆っていく。それは、確かな強制力を持って俺の体を固定し、動きを封じられてしまう。

あまりに突然の出来事に、何も考えられず、なすがままに束縛され、引きずり込まれていく俺。

体に巻き付いた闇色の木の根が、あっという間に顔まで覆い尽くす。

目が、耳がきかない。すぐに無音の闇の中に、すべての感覚が囚われてしまう。

完全に俺の体を取り込んだ枠の中の闇は、そのまま扉の中へと戻る。枠もどんどんと狭まり、最後は捩《よじ》るように扉自体が消えてしまった。

プライムの因子

俺は、気がつくと、見たこともない薄暗い部屋の中に立っていた。

辺り一面、ホコリだらけだ。

目の前には本棚のようなものがある。しかし、中身はすべて朽ち果てたのか形あるものは見てとれない。

左を向くと、多分ベッドの残骸らしきぼろぼろの木と布。

そのまま後ろを振り向くと、骸骨と目が合う。

「おわっ！」

思わず飛び下がり、ホッパーソードを構える。

ホコリが舞う。

「……モンスターじゃ、ない？」

俺は目をしばしばさせながら、慎重に観察する。

大きな黒檀《こくたん》らしき机があり、骸骨は机の奥の椅子に、もたれかかるように、その亡骸《なきがら》を預けている。かつては服だったらしき布を身にまとっている。

完全に白骨化していた。

辺りを見回す。他に目ぼしい物もなく、危険な予兆も感じられない。

ゆっくりと骸骨へと近づいていく。

Gの革靴の動きに合わせて、床にたまったホコリが舞い上がる。

咳《せ》き込《こ》むと隙ができるため、二の腕部分の服で口許を覆いホコリを防ぎながら、黒檀らしき机を回り込む。

近くで見ても、やはりただの骸骨のようだ。

(形を維持しているからてっきり、スケルトン系のモンスターかと思ったよ。びっくりさせやがって。しかし、どうやって形を維持しているんだろ？　何か特別な魔法かスキルか？)

俺は触れないように細心の注意を払いつつ、骨の連結部分を観察する。

(やっぱり浮いてる。でも、崩れないように固定されてるっぽい。触れると何か罠《わな》があるかもしれないから、深入りはやめておくか。うん、これは？)

俺は机の上に、一冊の本が乗っているのに気がつく。骸骨の手がその本の上に載っている。

手の骨の隙間から覗く本を観察する。何かの革のカバーがされていて、タイトルは見えない。真ん中に真っ黒な石のようなものが埋め込まれている。なぜか、その石に、抗《あらが》えない魅力を感じる。

ふらふらと手が勝手にその本に伸びる。

俺は気がつくと、骸骨の手の下から引き抜き、その本を手に取っていた。

本を開こうとするが、固くて開かない。

「なんだこれ、作り物か？」

思わず呟きが漏れる。

そっと埋め込まれた石の表面を撫《な》でると、何かうっすらと刻印がされているのが、触った感じでわかる。

刻印に添って指を滑らす。

(何かのマークか?)

最後まで指を滑らせた時だった、急激なイドの減少を感じる。

気分が一気に悪くなる。

(ヤバい! 罠か! イドを吸っているのは……この石か⁉)

俺はとっさに本を捨てようとするが、まるで手に石が張り付いたかのように離れない。

渾身の力を込めて引き剝がそうとするも、全く離れない石。

めまいに襲われる。思わず片膝をつく。

その拍子に本が机にぶつかる。あれほど強固に張り付いていたのが嘘《うそ》のように手から離れ、床に落ちる本。

そのまま崩れ落ちる俺。

その横には、開いた状態で鎮座する本。

俺はイドの急激な減少による精神的苦痛と戦いながら、その場でうずくまり続ける。

どれ程時間がたったか、少しは精神を苛む苦痛が、ましになった。

ゆっくりと体を起こす。

開いた状態の本が目にはいる。

そこに書かれていた文字を目が自然に追ってしまう。

『この文章を目にするであろうプライムの因子を持つ者へ。

そなたは逃れられないであろう。

なぜなれば、私がそうであったから。

ここは異なるもう一つの世界。ダンジョンの生まれ故郷たる、その世界の因子を宿されてしまったその身は、力を得るだろう。

しかし、それはプライムの意思。代償は回廊へと誘う呪いとなろう。

混沌《こんとん》の先には気をつけろ。彼らはすべてを飲み込むのみ。ダンジョンの活性化の始まりが……』

そこで、開いたページに書かれた文字は終わっていた。

ふと、何かの気配を感じ、本から顔をあげる。

すると視線のさきで、座っていた骸骨が、末端からさらさらと砂となり崩れ始めていた。

俺は驚きながら、それを見つめる。その間にも、急激に砂へとなっていく白骨。あっという間に、椅子の上には砂の山が残されるだけとなっていた。

革装の本

俺は目に入った文章を前に、考え込む。

精神を苛む不快感すら忘れて、何度も文字を目で追ってしまう。

（どういうことだろ、これ。もしかして今の俺の状況と関係あったりするのか。プライムの因子……何のことだろう、身に覚えはないけど、実際こうして文章を目にしているしな。代償の所も意味不明だ。それに、ダンジョンの活性化……。今、世界中で起きていることと関係あるのか。混沌の先の彼らって誰だ？　気になる単語ばかりだらけのいかにもな文章だが……）

俺はどうしても続きが読みたくなって、しかしイドが吸われるのを警戒し、ホッパーソードの剣先でそっと本をつつく。

イドが吸われる感じはしない。

次のページにめくれないか、剣先をページの隙間に差し込もうとする。

全く刺さらない。

あまり力を入れると本自体が動いてしまう。

（なんだこりゃ。さっきは全く開かず、俺のイドを吸ったらここが開いた。てことは……）

俺はまず、剣先で本を閉じてみる。表紙の下に剣先を滑り込ませ、ゆっくり持ち上げる。

素直にいうことを聞いて、そのまま表紙は動き、本は閉じられた状態になる。

次に、先程のページが開くか試す。

本の小口の方から剣先を表紙のふちに当て、押し上げる。

素直に開く。

どうやら先程と同じページだ。

「ふむ」

俺は大いに悩むが、結局は好奇心に負けてしまう。

慎重に再度剣先で本を閉じると、そっと石の刻印に指を当てる。

ゆっくりなぞり始める。

そしてすぐに、最後までなぞり終わる。イドの吸引に備える。

(……何も、起きない？)

先程と同じことをしたが、一切何も起きない。

俺は本を拾い上げて、石の表面をベタベタと触ってみるが、それでも一向に何も起きない。

「なんだよー。覚悟して損した」

思わず軽く叫んでしまう。

俺はそのまま先程と同じページを開いてみる。

何度も読んだ内容。

「もし、これが俺のことを指しているとしたら、突然ここに来てしまった俺はプライムの因子とやらを持ってるってことだよな。それで、逃げられないってのは、ここから逃げられないのか？　確かに扉を通る時に襲われた風ではあるが……」

俺は独り言を漏らしながら本の内容をまた読み返す。

「プライムの因子……。あ、装備品化のスキルかっ？　でも、ユニークスキルってわけでもないしな」

俺はステータスを開いてみる。

氏名　朽木　竜胆
年齢　二十四
性別　男
オド　24
イド　4（11）

装備品
ホッパーソード（スキル　イド生体変化）
革のジャケット
カニさんミトン（スキル　強制酸化）
なし

Gの革靴（スキル　重力軽減操作）
スキル　装備品化’

「イド、結構減ってる。それにステータスが開くってことは、やっぱりここはダンジョンの中なんだろうな」

一度漏れ始めた独り言が止まらない。

「うん？」

俺は自身のスキルの所を二度見する。

「あれ、装備品化のスキル表示、文字の後になんかついてる、よね？　アポストロフィみたいな……」

俺はまじまじと自身のスキルを見る。

「……全然気がつかなかった。なんだこれ。もしかして俺の装備品化のスキル、普通のものとは違うのか？　確かに、何となく変だとは思っていたんだよ。見たこともないスキル付きの装備品が出るし。一種類のモンスターの最初の一匹しかスキル発動しないし。……これ、この点みたいなの、もしかしてプライムって読むのかな？」

調べようと俺はスマホを取り出して見る。

圏外だ。

「基地局はない階層か」

俺は軽く失望のため息をつく。

「もしこの点がプライムなら、俺が帰ろうとしたから、逃がさないように扉を通ったタイミングでつれてこられたってことかな。しかし、こんな話、聞いたことないよ」

俺はそこまで考え、途方にくれて座り込んでしまった。

脱出に向けて

意識が浮上する。

あの後、座り込んだまま気絶するように眠り込んでしまったようだ。

イドの急速な枯渇は、やはり心身ともに負担だな。

「謎は深まるばかりだけど、今はこれ以上はどうしようもない。脱出に役立ちそうな手掛かりもないし、いったん脇に置いておこう」

俺は開いたままだった革装の本を閉じるとリュックにしまう。

「……腹へったな」

代わりに二層で取れた肉を取り出す。一切れ、鉈で切り取り、そのまま食べる。

「そのままでも、うまいな。脂が乗っていて、甘い」

もう一切れ、食べる。

「ほぼ、貝の刺身だ。……醤油《しょうゆ》が欲しい」

俺は残った肉をしまっておく。

「どれだけ脱出に時間がかかるかわからないから、節約しないと。何にしろダンジョン産のものは腐らないから助かる」

俺は食べ物を食べ、少し気分が上向いた所で、本格的に部屋を漁ることにする。

「まずはこの部屋の出口を探しますか」

そう呟きながら部屋を見回す。

大きさは八畳ぐらい。壁沿いに本棚らしきものと、朽ちたベッド。そして部屋の中心を向いて置かれた黒檀の机に、骸骨の残骸が残る椅子。

それが部屋にあるすべてだ。

とりあえず壁を調べていく。軽く拳を握り、ノックするように叩いてみる。

重たい質感。鈍い反響。

「石かコンクリートか謎の硬い物質ってとこか。どちらにしても突き破るのは無理そう。厚みがかなりありそうだ」

そのまま時計回りに手の届く範囲の壁を調べていく。

どこも変わらぬ質感。隙間すら見つからない。

「これで、手の届く範囲は全部か」

俺は次に、革装の本が置いてあった黒檀の机に向かう。

ごそごそと漁るが、しかし、もともと引き出しもないシンプルな作りの机だ。何も怪しい所は見つけられない。

「あとはベッドと本棚か。ベッドは本当に残骸って感じだよな」

俺は両方を見比べ、ベッドの残骸から調べることにする。

といっても残骸からは何も見つからないのは明白なので、残骸を軽くどかし、かつてベッドだった物の下、つまり床に何かないか見ていく。

(……何もない)

地下に繋がる扉などそれらしきものは一切ない。

(あとは、本棚か)

俺は本棚に近づく。

(作り付けになっているっぽいな)

本棚は完全に床と壁に固定されていて動かない。

「壊してもいいけど……」

俺はしばし迷う。そもそも壊さなきゃ出れない所に出入り口を作るとは考えにくい。本棚の破壊はいったん保留することにしておく。

(そういや、何で机の上の革装の本は朽ちてないのに、本棚にあったものはこんなにぼろぼろなんだろう。ほとんど埃《ほこり》みたいになっている)

俺は首をひねって、自らの浅い知識を掘り起こす。

(こういう時、スマホが使えたらな……。まあ、仕方ない。本は確か紙が酸性化して劣化していくんだっけ？　もしそうなら、表紙の部分は中身よりも残るはず)

俺は改めて本棚を見回す。特にカバーや表紙らしきものは残っていない。

(どういうことだろ。紙しかなかったってことか？　それは本だったのか。……もしかして)

俺は思い付いたことがあり、本棚の棚の埃やら朽ちた紙らしき物体やらをどかし始める。

もうもうと立ち上る埃と、かつて紙くずだった何か。

俺は咳き込みながらも棚の掃除を続ける。

(俺の予想が正しければ、きっとここら辺にあるはず……)

「あった!」

上の段にあって、ちょうど目線から隠れるような場所に、それはあった。

黒檀の机で見つけた革装の本を立てて置いた時に、地の部分がちょうどはまるぐらいの形の窪みが。

俺は本を取り出すと、ゆっくりと棚の隙間にはめる。

「ぴったりだ」

本から手を離すと、かちゃりと音がする。

どこか壁の奥の方で何かが動く音。からくり仕掛けか魔法によるものかはわからないが、駆動音と思われる低い音が壁越しに伝わってくる。

と、思った瞬間、急に動き出す本棚。ちょうど棚が目の前にあり、額にぶつかりそうになる。

慌てて後ろに下がる。

足元には片付けたゴミが。

ゴミを踏みつけ、バランスを崩して後ろに倒れそうになる。とっさに、目の前にちょうど飛び出してきた本棚の棚部分に摑まる。

残念なことに体を支えてはくれない。そのまま俺が後ろに倒れるにつれて、本棚が扉のように開いていく。

「うわっ」結局そのまま地面に倒れ込み、もうもうと埃が舞い上がる。

「ごはっ。ごほ、うぇー。口に入った」

俺は口に入った埃を吐き出し、立ち上がる。もうもうと立ち込める埃が晴れると、目の前には本棚に隠れていた扉があった。

完全に壁と同化した作りの扉。壁と同じ材質とおぼしき取っ手っぽい出っ張りが、突き出している。

うっすらと見える扉の縁。壁と同じ材質で作られた扉が、一切の隙間もなくはめ込まれ、壁と同化しているようだ。それが革装の本を棚にセットすることで、仕掛けが働き、わずかに壁と扉の隙間ができて何とか扉の全体像が把握できる。

「押すか引くかする感じかな。でも、なんだろう禍々《まがまが》しい感じが、そこはかとなくする」

俺はすぐに扉を開けずに考え込む。ひしひしと危機感が伝わってくる。罠か敵なのかはわからないが、ここはダンジョンの中。この先に、どちらか、もしくは両方であるの可能性が高い。

「よし」俺は小さく呟くと、部屋のすみにいき、少しだけ眠ることにした。

数時間後、座ったまま眠っていた俺は目をさます。そして切った肉を一口食べ、ステータスを開き、イドが回復したことを確認する。

「うーん」

大きく一つ伸びをして立ち上がる。

そして、ホッパーソードを構え、再び扉の前に立つと、唯一壁から飛び出した扉の取っ手に手をかけた。

ゆっくり引く。

動かない。

「あー。うん、ごほんっ」

ゆっくり押し開く。

扉の先には、がらんとした空間が広がっていた。俺は左右を見回しながら、踏み入る。歩く度、コツコツと靴音が響き渡る。

音の反響からして、どうやらドーム状の空間らしい。

広間の中央付近に来た時、背後でバタンと音が響く。急ぎ振りかえると俺が入ってきた扉が勝手に閉じていた。

嫌な予感が強まる。

急ぎ、左右を見回すが、何も見えない。

ぴちょんと水音がする。

鼻を刺す腐敗臭。ふと、上を見上げる。

そこには見たこともないほど巨大なスライムが天井いっぱいに広がって張り付いていた。

蒼色《あおいろ》の暴虐

暗い天井を埋め尽くし、広がる不定形の粘体。スライムと呼ぶには巨大なそれは深い蒼色をしていた。

まるで深海のごときその体には、うっすらと様々な生物であったもの達の残骸が、ぷかりぷかりと浮いているのが見える。

それはソードグラスホッパーの頭部であったり、ダンジョンコックローチの殻であったり。見たこともない聞いたこともないモンスターの骨であったり、はたまた、人の亡骸とおぼしき皮すらもそこには浮いている。

天井に広がる蒼き粘体の海が、胎動するかのように、波打つ。

すると、ぷかりぷかりと浮かんでいた亡骸達が、ゆっくりと表面まで浮かんでくる。

粘体の一部とともに、そのままポトリポトリと落下してくる。

それはまるで亡者が地の底から涌《わ》き出《で》るように。

粘体に喰《く》らい尽くされ、弄ぶように残された残骸を、更なる冒瀆《ぼうとく》の渦中へと押し出すかのように。

一つ、また一つ。

大地へと再び産み落とされ、ぺちゃりと張り付いた亡骸の一部。そこに、ともに落ちた粘体が潜り込み、まるでかつての生を模倣し嘲笑するかのごとく、動き出す。

真っ先に産み落とされたのは、頭部だけとなったソードグラスホッパー。そこに潜り込んだ粘体。

粘体のはみ出した部分が、その体を、その脚を形作る。しかし、歪《いびつ》で、ぶよぶよとした体は、生前の劣化した模倣でしかない。

のたりのたりとした動きで、こちらに向かって襲いかかってくる。

俺は、重力軽減操作をして軽くなった体で駆け寄る。動きの鈍い粘体のソードグラスホッパーを、駆け抜けざまに横薙ぎに一閃する。

まるで水を斬ったかのような手応え。

(見た目より、液体に近いのか！)

粘体ソードグラスホッパーは、何事もなかったかのように、振り向き、飛び掛かってくる。

しかし、本物に比べても劣る速度しかない粘体ソードグラスホッパーの体当たりを、俺は余裕をもってかわす。すり抜けざまに、唯一実体のありそうな頭部を唐竹に斬りつける。

両断される頭部。

しかし、粘体ソードグラスホッパーは両断された頭部を粘体の中に保持したまま、再び何事もなかったかのように着地する。

(頭部は飾りか？)

俺が戦っている間に、次々と落下してきた亡骸に潜り込む粘体。

次々に産み出されていく粘体の疑似モンスター達。

そして、かつては人間だったであろう皮だけになった物までもが、次々に粘体の海から落下してくる。

地面にぺちゃりと張り付いた皮。そのかつては目や口であった穴から、ぐにょぐにょと皮の中へと潜り込む粘体。

水風船のように膨らみ、出来の悪い人形のごとく立ち上がり、のたりのたりと歩き始める。

無数の敵が、俺に向かって襲いかかってくる。

「不味いな。動きは遅いけど、斬っても手応えがないし、数が多すぎる……」

思わず弱気な愚痴が漏れる。

俺は攻撃の通らないホッパーソードをしまうと、一縷《いちる》の望みをかけてツインテールウィップを装備し、振るう。

二又に分かれた鞭先が俺の腕の振りに合わせて広場を駆け巡る。その打撃面が粘体のモンスター達を捉えると、確かな手応えを感じる。

どれ程のダメージを与えているかは不明だが、衝撃で粘体モンスター達は、弾き飛ばされていく。

（おっ、時間稼ぎには、なるっ）

俺は無我夢中で鞭を振り回し続ける。

イエロースラッグ相手に振り回し続けていたおかげか、動きの遅い粘体モンスター達であれば大きな空振りもなく、鞭を当てることができた。

そのまま、時間がどれくらいたっただろうか。俺はひたすら鞭を振り回し続けていた。状況は完全に膠着状態に陥っていた。

オドの強化と、重力の軽減による体力の温存があるとはいえ、いつ果てるともしれない戦いは、確実に俺の心身を蝕んでいく。

熱を持ち始めた腕の筋肉。すでにその熱は全身に回り、苛む。

天井に張り付いたスライム本体に動きはない。まさに高みの見物といった所なのだろう。

地を這う粘体モンスター達は飽くことのない執念さをもって、いくら弾き飛ばされても変わることなく俺に向かって襲いかかってくる。

精神的、肉体的疲労の極致で、ついに俺は手元が狂ってしまう。

手首の返しが遅れ、鞭先がくるくると敵に巻き付く。それは、はからずもかつては人だった皮をまとった粘体モンスターであった。

俺は焦り、振りほどこうとするが、逆に鞭で強く引き寄せてしまう。

眼前まで迫る、かつては人の顔だった皮とそこに詰まった粘体。

あわやぶつかるといったその時、反射的に突きだした左腕。

とっさに強制酸化を使用する。

カニさんミトンに触れた瞬間、粘体人間は、弾け飛ぶように蒼い粒子となる。

粒子は渦を巻きながら、一つへと結実する。

新たなる装備品の誕生。

それは、かつて粘体人間だった時の慣性のままに俺の顔面へとぶつかってくる。

幸いなことに、非常に軽い衝撃。しかし、そうはいっても軽くのけ反る。

どうにか倒れずに姿勢を戻すと、何やら鼻に引っ掛かりを感じる。手探りでそれをひっぺがす。

まじまじと見ると、それは蒼い単眼鏡であった。

取り急ぎ左目に装備する。

単眼鏡をかけた瞬間、無数の文字やグラフが目の前を乱舞する。まるで脳に直接情報を叩きつけられているかのように。

思わず激痛の走る左目を押さえ込み、うずくまる。

すぐに、周囲では、他の粘体モンスター達が間近まで迫りくる。

そのすえた腐敗臭がかぎとれるくらいまで、近くに。

俺は激しい痛みを無理矢理押し込み、鞭を振るう。

ただただ、生き残るために。

不思議と単眼鏡を外すという選択肢は頭には浮かばない。

無意識のうちに、これこそが状況打開の鍵だと、闘争と生存を司《つかさど》る本能が告げている。

痛みを単なる記号だと自分自身に思い込ませる。怯《ひる》む腕を、必死に振るい続ける。

極限の最中、いつしか、すべてを見下ろすかのごとく、俯瞰《ふかん》している自分に気がつく。それは極度の集中状態で感じる時間が拡張される感覚に似ている。

単眼鏡がもたらす、データの海といっても過言ではない量の情報の大波。そこにぷかりぷかりと浮かび、消えていく何かが徐々に掴めてくる。

俺は鞭を振るうのを止め、その何かに導かれるように、こちらに迫りくる粘体達にふらふらと近づいていく。

一番最初に接敵したのはソードグラスホッパーの頭部に潜り込んだ粘体。

まるでその粘体の意思と同調してしまったかのように、攻撃の流れが『ミエ』る。

その予定調和の動きに合わせ、そっと添えるように左手をかざす。

右目で見ればただの粘液でしかない、その場所。しかし、左目の単眼鏡を通して『ミ』た世界では、そここそが、その粘体の基点にして要であることがなぜか読み取れる。

その要のポイントに、そっとカニさんミトンを差し込む。最小のイドで、強制酸化を発動する。

パシンっ。

ソードグラスホッパーの骸を弄んでいた粘体は、それだけで弾け飛び、その穢《けが》れた粘液を撒《ま》き散《ち》らし、果てる。

後に残るのは、粘体の束縛から解き放たれたソードグラスホッパーの頭部だけ。その頭部はころころと地面を転がっていく。

それを見送る間もなく、次々に襲い来る粘体達を、時にいなし、時に真っ正面から、カニさんミトンでいっそ優しいと言えるタッチで触れていく。極小のイドで発動する強制酸化。要を破壊された粘体達はその度に、次々に弾け飛び、ただの穢れた水たまりと化していく。

そして、地を這う粘体がすべて倒れた。

俺の意識は体とは裏腹に、ただただ、単眼鏡のもたらす情報の洪水のせいで、ぼーっとその様子を眺めていた。半ばから、ひたすらにもたらされる情報のままに動くだけとなっていた俺。

それは過剰すぎる情報への一種の防御反応であったのだろう。

俺がカニさんミトンを下ろす。同時に、ついに天井に張り付く海のごとき粘体、超巨大な質量を有するスライムと呼ぶのも馬鹿らしくなる蒼色の暴虐の化身が、動き始めた。

決着と手にいれたもの

（なんだか、ゆっくり落ちてくるな）

俺はぼーっと巨大スライムが落下する様子を眺める。

単眼鏡を通して見る世界は蒼く色づいている。

極度の疲労と、この世の深淵《しんえん》かと思うほどの情報量を脳にたたきこまれる激痛に晒され続けながら、なおもここまで戦い続けた。

結果、生への渇望と無意識の防衛本能で、感情も理性も手放してしまう。俺は、ただ闘争の本能に身を任せている状態に陥っていた。

頭のギアが、一段早くなっているのがわかる。すべてがスローモーションに見えてしまう。意識していては到達し得ない領域。

そのスローモーションの世界を、わずかに残る理性が俯瞰する視点となって認識する。

それは蒼色の単眼鏡により多次元的に拡張された現実として、俺に押し寄せる。

なぜか見えていないはずの所まで詳細に『ミエ』てしまう。

当然、脳の視覚野が焼ききれんばかりにひりつく。みしみしと悲鳴を上げる俺の脳みそ。

それすらも『ミテ』とり、どこか他人事《ひとごと》のようにふわふわと浮遊する意識がそれを俯瞰する。

巨大スライムはここでようやく大地に落ち、すぐに俺を飲み込もうと、その粘体を伸ばしてくる。

技巧も意思すらも希薄な、ただの濁流といってもよい攻撃。

圧倒的なまでの質量が唯一それを脅威たらしめている、力ずくの攻撃。

俺は俯瞰する意識で、そのすべてを『ミテ』とり、押し寄せる粘体の要となるポイントに、次々にカニさんミトンで触れていく。

無駄に巨大なだけあり、要となるポイントも無数にあるが、所詮すべてがスローモーションに動く世界のこと。

俺は慌てることなく、一つ、また一つ、強制酸化でポイントを破壊していく。

(パズルみたいで面白いかも)

押し寄せる巨大な津波のような粘体の、奥に位置するポイントに触れるために。手前から順番に、そして動くポイントを効率よく最小限の動きで済むように、破壊していく。

足取りは軽やかに。要を破壊する左手は繊細に。

端から見ればそれは、まるで舞のように見えることだろう。不浄な粘体を破壊する死の舞のように。

そうして、ついに海と言っても過言ではなかったスライムの粘体も、残りわずかとなる。

最後の残された要となるポイントに、手を伸ばす。

スライムはそこまで体を削られ、矮小《わいしょう》になっても全く意に介していないのか、変わらぬ様子で捕食しようと迫ってくる。

しかし、そんな最後の足掻《あが》きもむなしく、俺の強制酸化が発動する。

飛び散る粘液。

ボタボタという音だけが響く中、一枚のカードが、出現する。その瞬間、世界にノイズが走る。

カードは、最後の強制酸化のポイントから、突然現れたように見えた。反射的に摑みとる。

カードは一面の蒼色で、塗りつぶされていた。

俺の精神はそこで限界を迎える。何とか単眼鏡を外すと、服が濡《ぬ》れるのも構わず、粘液まみれの地面へと座り込んだ。

どれくらいそうしていたことだろう。ようやく気力がわずかばかり回復した俺は、重力が軽減されているはずなのに重い体を何とか持ち上げる。

ゆっくり辺りを見回すと、辺りは蒼一色の惨状。

何より臭いがきつい。

俺は一度、最初の骸骨があった部屋に戻れないか試みる。

ドアがあった所を弱った体で必死に探る。指先にわずかな取っ掛かりを感じる。

慎重にそれを押し込むと、ドアが開いた。

俺は倒れ込むように、最初の部屋に入ると、体の汚れもそのままに、意識を失い、眠り込んでしまった。

蒼色のカード

骸骨のあった部屋で、二度目の目ざめを迎える。

「あー。死ぬかと思った……」

疲労の抜けきらない体で、もぞもぞと活動を始める。肉だけの食事を済ませ、わずかばかり汚れを落とす。

無駄な努力と嘲笑《あざわら》うかのように、こびりついた腐敗臭と蒼色の汚れはほとんど落ちないが。

俺は早々に身ぎれいにするのを諦める。

「さて、何から確認するか……」

俺は新しく手にいれた蒼色の単眼鏡と、蒼色のカードを目の前に並べる。

「まあ、メガネから、だよな」

俺は蒼色の単眼鏡に手を伸ばす。

左目をつぶって、ゆっくり装備する。

まだ、痛みは襲ってこない。

俺は右目だけ開けた状態でステータスを開く。

氏名　朽木　竜胆
年齢　二十四
性別　男
オド　30（6増）
イド　11

装備品
ツインテールウィップ　（スキル　モンスターカードドロップ率増）
革のジャケット
カニさんミトン　（スキル　強制酸化）
深淵のモノクル　（スキル　鑑定）
Gの革靴　（スキル　重力軽減操作）

スキル　装備品化′

「すごい、オドが6も上がるよ。25％も上昇したのか。やけに体の切れが良かったのはそのせいか。でも、オドが30もあっても耐えられない痛みって……。30って、常人の二倍以上の耐性なのに」

俺は左目を開けるのが一層怖くなり、ブルッと震える。

「さて、このメガネの名前は……深淵のモノクルか。名前が珍しくギャグっぽくないけれど、それが逆に怪しい気がする。深淵を覗き込むモノクルって、地雷臭しかしないよ」

俺はため息をつく。

「それで、このスキルの鑑定ってのが、前の戦闘で、なんだか見えないはずの物が色々見えすぎちゃった元凶なんだろうな。ものすごく有用で、おかげで命は助かったけど、あの苦痛は勘弁願いたい」

俺はとりあえず深淵のモノクルを外す。

次に蒼色のカードを手に取る。

そのままステータスを開くが、装備品には反映されていない。

「うーん。まあ装備品化のスキルとはエフェクトが違ったから装備品じゃないのは想定内だけど、何だろうこれ？」

俺は名残惜しげにステータスを眺めながら独り言を呟く。

「あっ、もしかしてこれ、モンスターカードか？　ツインテールウィップのドロップ率が増すってスキルの」

俺はものは試しと、両手で蒼色のカードを掲げて、叫ぶ。

「モンスターカードっ！」

部屋に俺の叫び声が響き、残響を残して、静寂がとって変わる。

俺は懲りずに叫び続ける。

「モンスターカード発動！」「モンスターカード顕現！」

すぐさま静寂が広がる。

俺はすぐさま片手でカードを構えて三度目の正直とばかりに、叫ぶ。

「モンスターカード使用！」「モンスターカード起動！」

しばし、思い付くままにそれっぽいフレーズを叫び続ける。

「はぁはぁっ。……ダメか」

叫び疲れて息が上がる。

「最後の手段に頼るしかないのか。はぁー。憂鬱すぎる」

俺は深淵のモノクルを装備すると、蒼色のカードを目の前にかざし、ゆっくり左目を開けた。

押し寄せる情報の洪水。

俺はさっそく痛みを訴え始めた左目を無理矢理開き続け、蒼色のカードを、『ミ』る。

ぼんやりと二重写しになって、カードの表面に、文字が現れる。

（痛い痛い痛い。何か、文字が出てきた……。痛い痛い）

俺は加速度的に増加する痛みに耐えながら、何とか文字を読み取ると、投げ捨てるように深淵のモノクルを外す。

「はぁっ、はぁっ、ぐふぅ」

息がなかなか整わない。

戦闘時の極限状態で、魂を削るように発動していた時と違い、落ち着いてこの痛みと情報量に向かい合うのは別のしんどさがある。

「何とか。使い方は。わかった……」

整わない息を無理矢理独り言で被せて、誤魔化す。

「ふー。ようやく落ち着いてきた」

俺はさっそく蒼色のカードを使ってみることにする。

俺はカードをかざし、『ミエ』たキーワードを唱える。

「深淵の混沌の先。時の灯《あか》りの照らさぬ地に生えし不可触の大樹。そは一葉の雫《しずく》を母とし、父を持たぬ者よ。呼び掛けに応え、鼓動打ちし不定の狭間《はざま》より顕在せよ。モンスターカード『アクア』召喚」

無事にかまずに唱え終わる。

一瞬の静寂。

カードが突然ぐにゃぐにゃと動き出す。

「うおっ」

思わず放り出す、俺。

(な、なんだなんだ！　何でカード自体が動くの！　何が起きるかまでは、確かに痛くて『ミレ』てなかったけどさ。普通、もっとこう、光のエフェクトとかでパパーンとかじゃないの⁉)

俺はできるだけ後退《あとずさ》りして様子をうかがう。

カードは不気味な光を発しながら、まるで鼓動しているかのように脈打ち、徐々に膨らんでいく。

まるで風船か、出来の悪い心臓のようだ。

血管らしき部分すら現れ、なにやら蒼黒い液体が垂れる。垂れた液体が意思を持つかのようにまた心臓らしき何かに集まってきて、取り込まれていく。

その度に、かつてカードだった鼓動する物体は急速に大きくなっていく。

人よりも大きくなり、動きが止まった、と思った次の瞬間。

その物体はくるりと中身と外身が反転するようにひっくり返る。

そこには、一見、人間の少女のようにも見える存在が佇《たたず》んでいた。

蒼色の髪、青白い肌。真っ青なドレスのようなものを身にまとう少女とおぼしき何かが、口を開く。

「パパパパーン。アクアちゃん、参上なのだー」

それはものすごく棒読みな自己紹介であった。

感情の全く感じられない口調。ピクリとも動かない表情。

(何で、パパパパーンとか言ってんの？　しかも、ちゃん付けだし。苦手なタイプかも……)

「アクアちゃんは、読心撲殺拳の達人なのだー。苦労してわざわざ召喚されてあげたのに、そんな失礼なことばかり考えていると、ぼこぼこにするのー」

相変わらずの、棒読み。

しかし、その内容に俺は戦慄する。

(うげぇ、読心って、どこまで俺の考えていること、読まれているの?)

「どこまでもだー。だいたい、クチキはちゃんとモンスターカードを鑑定するべきなのー。それですべてがわかったの。なのに痛いのイヤとか、子供なのー?」

(なんか呼び捨てされたし! しかも、めっちゃディスられている!?)

「あー。アクアちゃん?」

「人のこと苦手なタイプかもとか言う奴はディスられて当然なのー。全くこれだから、気分で召喚とかする人間は困るのだ。呼び出されて、狭間を越える苦労も少しは考えてほしいのー。アクアちゃんが通ってきた狭間を通れるぐらいに、ぺちゃんこにされたいのー?」

無表情のまま両手をパンっと叩いて、捲《まく》し立《た》てるアクア。

これが俺とアクアの初めての出会いであった。

捲し立てるアクアの隙を狙って、何とか質問を挟み込む。

「アクアちゃんは人間じゃないんだよね？　スライムなの？」

「スライムみたいな単細胞生物と一緒にしないでほしいのー！　あんな核を潰されたら終わりのちゃちな存在と！　クチキは猿のー、亜種なのー？」

無表情だったアクアの顔にわずかに怒気が宿る。

俺は慌てて謝る。

「え、ごめんごめん。じゃあえっと、種族を聞いても？」

「人間の概念には無いから聞いても無駄なのー。どうしても種族で呼びたいなら、ノマド・スライムニアとでも呼ぶのだー」

俺はその返答を聞いて考え込む。

（ノマドは確か遊牧民とかって意味だよね。スライムから進化した遊牧の民ってこと？　それかノマドワーカー的な意味なのかな）

俺が黙りこくっている間、アクアは、なにやら準備体操みたいなことをしている。

俺は何しているのか気になりつつも、突っ込むと長くなりそうなのでとりあえずお礼を言って聞きたいことを優先させる。

「あ、教えてはくれるんだ。ありがとう。それでこの状況なんだけど、何か分かることはある？」

「考えていることはただもれなの。アクアちゃんはクチキの記憶にあることしか知らないから、その質問は無意味なのー」

アクアはシャドーボクシングらしき動きをしながら応える。

「あー。ですよね。じゃあ、召喚については？」

「それは秘匿事項だから言えないの。言えるのは、アクアちゃんを呼び出したカードは、プライムの世界の魔法体系に連なる物なのー。その魔法体系の中には狭間のこちら側にない知識を持ち込むことを禁じる項目があるの。言えるのは、召喚されたらアクアちゃんは苦労して狭間を越えてきて、送還されたら苦労して狭間の向こうに帰るのだ」

だんだんアクアの拳の速度が上がり始める。

「うーんと、召喚した時にカードがアクアちゃんに変わったように見えたけど、それは？」

「秘匿事項ー」

シュッという風切り音。

「送還したら、カードにまた戻る？」

「カードはまた、現れるのー」

アクアのハイキック。

「召喚の時のリスクとか対価は？」

「秘匿事項ー」

ボディブローからのラッシュ。

俺はその応えにまた考え込む。

（対価がないとは言っていない……。何かがあると考えるのが普通だよな）

俺はステータスを開いてみる。

氏名　朽木　竜胆
年齢　二十四
性別　男
オド　24
イド　7

装備品
ツインテールウィップ　（スキル　モンスターカードドロップ率増）
革のジャケット
カニさんミトン　（スキル　強制酸化）
なし
Gの革靴　（スキル　重力軽減操作）

スキル　装備品化，召喚顕在化　アクア（ノマド・スライムニア）

（特にマイナス効果はなしか。イドが減少している様子もないし）

俺は頭をひねりながらアクアの様子をうかがう。アクアはシャドーボクシングが終わったのか、次はよくわからない武術っぽい型をしている。

人ではあり得ない関節の動きと、所々手足が伸びているせいか、見たこともない不思議な動きを繰り返している。

「アクアちゃん、それでさ、俺はこのダンジョンから脱出したいんだけど、戦闘とか協力してくれる？」

アクアは息を切らすことなく、型を高速で繋げながら応える。

「仕方ないー。手伝ってもいいのー」

「ああ、良かった。よろしくね。それで、さっきから何しているの？」

俺はとりあえず戦力になりそうで安心する。

「この世界の物理法則に、体を慣らしているのだ」

そういうと謎の型の動きをやめるアクア。こちらに蒼色の瞳を向けて宣言する。

「それでは行くのー。立ちふさがるものはすべてボコっていくのだ」

羽付き

すぐにでも駆け出しそうなアクアを何とかなだめ、軽く食事を済ませる。起きた時も少し食べたが、何だかんだと時間も経《た》っているし、次いつ食べられるかわからないので、少し口にしておく。アクアにも勧めたが、食事は取らないらしい。何となく腑《ふ》に落ちないものを感じつつ、準備を済ませる。

そして、俺達は骸骨のあった部屋を抜け、ドーム型の広場に踏み込む。

一面の蒼色の粘液まみれだった広場はすっかりその跡形もなくがらんとしている。

放置されていてダンジョンに吸収されたようだ。

俺達はぐるりと広場を回る。骸骨のあった部屋と反対側の所で、壁に大きめの窪みがあるのを発見。小部屋のようになった窪みを覗き込むと、その先には宙に浮かぶ扉があった。

枠が脈打つように大きくなるのと小さくなるのを繰り返している。

かつては見慣れた扉だったが、一度挟まれ中の闇に強制的に捕まった経験からか、不気味に見えて仕方ない。

俺が近づくのを躊躇《ちゅうちょ》していると、それを見たアクアがふんっと鼻をならして扉に近づいていく。

扉の枠が最大の大きさになる所まで近づくと、立ち止まるアクア。

軽く腰を落とし、軽く膝を上げると、勢いよく踏み下ろす。それは震脚のような技巧的なものの一切ない、力ずくの動作。

しかし、その効果は予想外のものだった。

鈍い破砕音とともに、ダンジョンの床に穴が空く。

ちょうど足形に空いた穴に、そのまま足を引っかけると、アクアは唐突に扉の枠に手をかける。

それだけで、伸縮を繰り返していた扉の枠の動きが止まる。

平然とした顔のアクア。

しかし、足をつっこんでいる穴はミシミシと音を立て、徐々に広がり始めている。

ピシッと床の石の破片が飛ぶ。

アクアは無表情で、枠を摑んでいない方の手の親指を立てる。

そのままくいくいっと親指で扉の闇を指す。

(さっさと行けってことか)

俺は生唾を飲み込み、意を決して扉に向かって歩き出す。

(どちらにしても扉を通らなきゃ出られないんだ)

ついに目の前に扉の枠で囲まれた闇が迫る。

最後の一歩が踏み出せない。

そこにアクアの声がかかる。

「枠を押さえてりゃあ大丈夫なのだ。さっさと行くのー」

なぜかアクアの棒読みの声に気が抜ける。俺は目をつむると、一気に扉に飛び込んだ。

それを見届けたアクアもすぐに続いて飛び込む。

誰も居なくなった場所で扉の枠だけが静かに伸縮を再開していた。

目をつぶり、扉に飛び込んだ俺はすぐに目をあけ、扉の前からどくと、辺りを見回す。

すぐあとからアクアが出てくるのを確認する。

そしてそのまま再び辺りを見回してしまう。

思わず独り言が漏れる。

「空がある……。外？」

ゴツゴツとした岩場。上を見ると雲一つない青空が見える。

アクアが応える。

「外なわけないの。空に見えるのは幻想。ここは、ダンジョンの中なのー。しかも、最悪なことにトカゲ臭いの。きっと羽付きトカゲ達の狩場なのー」

「羽付きトカゲって聞いたことないけど、どんなモンスターー？」

俺がアクアに尋ねると、アクアは無表情だった顔を少し歪めて応える。

「羽付きトカゲは臭くて卑怯《ひきょう》なのー。遠くから、よってたかって遠距離攻撃ばかりしてくるの」

空中に向かってパンチを繰り出しながら忌々しげに話すアクア。

突然、アクアが指を指す。

「トカゲ臭が増してきた。あの真ん中の塔から、来るよー、羽付きトカゲ」

俺がアクアの指さした先に目線をやる。

そこには雲を突き抜け、天まで届く塔が建っていた。ここからは少し離れていそうだ。

その高い雲の辺りに、何か黒っぽい鳥のようなものが飛んでいるのが見える。

「アクアちゃん、羽付きトカゲって、あれ？」

俺が尋ねる。

返事はない。

アクアはなぜか辺りを忙しげに往《ゆ》き来《き》しながら何かしている。

「えっと、アクアさーん？」

「うるさいの。クチキも働くのだ」

どうやら石を集めているようだ。

辺りは岩場なので、そこらへんにゴロゴロしている。

俺も言われるがままに石を集め始める。

俺の集めた石を見もせず、アクアが口を開く。

「もっと大きいの。なの。さっきの説明で言ったのだ、トカゲは遠距離から近づいてこないから、石を投げて打ち落とすの。そんなに小さいのはダメージないの」

「あ、ああ。了解」

手早く大きな岩を集めていくが、すぐに羽付きトカゲ達がやってくる。

俺は岩を集める手を休めてその姿をちらっと見る。

「ど、ドラゴンじゃんっ！」

俺が驚きのあまり声を漏らすと、アクアは鼻をならして応える。

詳細な姿が視認できるほどまで近づいてきた羽付きトカゲ。その姿はドラコンと見紛《みまが》うばかりであった。

黒く、艶のある鱗《うろこ》が全身をおおい、四つ足に、背中からは六対、十二枚の羽が生えている。

羽一枚一枚の大きさも大きく、それを波打つように羽ばたかせ、こちらに向かって近づいてきている。

(羽、多いな！)

「愚鈍で、図体《ずうたい》ばかりでかくて重たいトカゲには、あれぐらいの浮力がいるのだ」

アクアが俺の心の声に応える。思考を読まれるのは相変わらず慣れない。

そんなことを話している間にも、アクアは投擲《とうてき》体勢に入る。

階層移動の扉を片手で押さえていた筋力は伊達《だて》ではないのか、大砲もかくやという速度で投げ出される岩。まっすぐに進んだそれは、羽付きトカゲの羽の一枚にあたり、粉砕して突き抜ける。

「おおっ！　やった？」

俺が歓声を上げるが、アクアは普段の無表情を微《かす》かにしかめ、渋い顔をしている。

羽付きトカゲは一枚羽を失ってもわずかにバランスを崩しただけで、すぐに体勢を立て直すと、その牙の並ぶ口を大きく開け、こちらに向ける。

「クチキ、急いでイド生体変化でエラを作れ。でないと死ぬのだ」

「え、エラ⁉　ちょっと、そんなことすぐに言われても！」

「遅いの！　ブレスがくる」

アクアが珍しく叫ぶ。俺達の真上に来た羽付きトカゲの口から薄青色の気体が大量に噴出される。

俺達に向かってくるその気体。

「先に水で包む。溺れる前にエラを作るの」

そういうと、アクアの右腕がドロリと液体化する。

それを俺に向け、大量の水となった右手が俺を掴む。そのまま俺をその巨大な水の手の中へ、取り込んでいく。

あっという間に、俺はアクアの右手だった大量の水の中に全身が取り込まれてしまった。

当然、顔も完全に水に沈む。

とっさのことで、空気を肺に溜める間もない。

「ごはっ」思わず空気を吐き出し、水を飲んでしまう。

空気を求めて体が暴れる。

(溺れる！　溺れる！)

「邪魔なの！　動くな、なの！」

アクアの声。

ちょうどその時、羽付きトカゲから吐き出された薄青色の気体が俺達に襲いかかってきた。

瀕死《ひんし》の危機

辺りは薄青色のガスに包まれる。

その最中、俺はじたばた暴れながら、必死にアクアに訴える。

（死ぬ死ぬ死ぬ！　出して！　すぐに出して！）

それを読心で読み取ったアクアは応える。

「今忙しいの。シアン化合物系のガスだから、クチキはそこから出てもどうせ死ぬの。さっさとエラを作るのだ」

アクアはこちらも見ずに応える。アクアの、俺を包み込む右手の水が、表面で流れを作り始めている。どうやら溶け込んだシアン化合物が俺まで届かないように、体の方へ取り込んで処理している様子。

俺はそんなアクアの頑張りに気づく余裕もなく、必死にイド生体変化を作動させる。

（エラエラ！　何でもいいから早く！）

俺の首と肩の境、左右にエラのような何かが作られる。

ごっそりとイドを持っていかれる。

エラの出口から排水が始まり、何とか酸素の取り込みが始まる。

（うはっ。な、何とか息ができるけど、気持ち悪い感覚だ、これ）

俺が何とか息を繋げている間に、アクアは左手一本で次々に投擲を繰り返し、ついに一匹目の羽付きトカゲを打ち落とすことに成功していた。

俺はアクアの水に包まれたまま、持ち上げられてしまう。

体に巻き付く部分の液体の粘度があがって軽く締め付けられるようになり、運ばれているようだ。

アクアは俺をそのまま持ち上げたまま、薄青色のガスの中を走り出す。そして、投擲で打ち落とし、落下してくる羽付きトカゲに駆け寄りながら無表情の顔で叫ぶ。

「クチキ、剣を正眼に構えるのだ」

俺は揺れるアクアの手の中で、わけもわからずホッパーソードを取り出す。そのまま両手で握り、構える。

落下してくる羽付きトカゲの真下に来たアクア。大きく右手を振り、アッパーカット風に拳を打ち上げる。俺を、右手の中に入れたままで。

それまでとは比べ物にならないぐらいの揺れに翻弄されながら、俺は落ちてくる羽付きトカゲが眼前に迫るのを見てとる。

「剣を突き出すのだ」

アクアの叫びに引っ張られるように、剣を突き刺す俺。

アクアのアッパーカットの勢いをプラスした俺のホッパーソードは、易々と羽付きトカゲの鱗を貫通し、その心臓とおぼしき場所に突き刺さる。

羽付きトカゲが黒い粒子へと、変わる。拡散しかけた粒子が一所にまとまり、一つの装備品へと結実する。

羽付きトカゲであったものは、黒い布のような形をとると、アッパーカットの勢いが消えていないアクアの右手の水の中へと飛び込んでくる。

俺の手元に来た黒い布。

(何だろ？　この布)

俺の心の疑問の声が聞こえたアクアが、別の羽付きトカゲに投擲をしながら応える。

(それはターバンだから頭に巻くのだ)

俺は言われるがままに頭に巻いていく。くるくると不器用に巻き付けていくが、留め方がわからない。とりあえず、すでに頭に巻いた部分に、端を巻き込んで処理する。

俺はステータスを開く。

氏名　朽木　竜胆
年齢　二十四
性別　男
オド　24
イド　6　(14)　(3増)

装備品
ホッパーソード　（スキル　イド生体変化）
革のジャケット
カニさんミトン　（スキル　強制酸化）
黒龍のターバン　（スキル　飛行）
Gの革靴　（スキル　重力軽減操作）

スキル　装備品化，
召喚顕在化　アクア（ノマド・スライムニア）

俺はステータスを見て、思わず水の中で叫んでしまった。
（全然トカゲじゃないじゃん！　ドラゴンじゃん！）

翼を広げて

「あんなの、トカゲで十分なの。それより、手にいれたスキルを使うの。ちょうど良いスキルが手に入った」

アクアが俺の思考につっこみを入れてくる。

（スキルって、この飛行ってやつだな。ぶっつけ本番とか本当に勘弁してほしい）

俺は飛行スキルを発動する。

スキルの発動を念じると、俺の頭の上数センチの所に、真っ黒な魔法陣が、みょんっと音とともに展開される。

水中でも聞こえた音に、思わず上をむく。魔法陣もその動きにあわせて動く。

（あっ、見えない……）

俺は諦めて、上目遣いで魔法陣の動きを追う。直径三十センチぐらいの真っ黒な魔法陣は、緩やかに回転しながら、その中の文字が次々に点滅を繰り返す。

光る文字に合わせて、水を突き抜け、音が鳴り響く。どうやら振動ではなく、直接精神に届いてくる音のようだ。

その不思議な音楽とも言えない音が鳴りやむと、魔法陣からずるずると、何か黒い物がゆっくりとはえてくる。二つの突起から始まり、徐々にその全貌を現す。

それはコウモリの羽のような、ゴツゴツと骨の浮き上がる真っ黒な一対の羽であった。全長は軽く俺の身長を超えている禍々しささえ醸し出している羽。

俺の意識に反応して、それは羽ばたき始める。しかし、その羽ばたきには物理的な抵抗を一切感じられない。

俺は不思議に思って、羽を下げて手で触れてみる。

(近くで見ると一層気持ち悪いかも)

恐る恐る触ると、するりと手が羽をすり抜ける。

どうやら、物理的に翔《と》ぶものではない様子。

(飛行は魔法よりのスキルなのか。この羽は飛行の概念を具現化している?)

「クチキ、遊んでないでさっさと飛び立つの。毒の処理がそろそろ限界なの」

(あ、ああ。そうか、毒、アクアが処理してくれてたのか。ありがとう)

俺はお礼を思考にのせると、上昇するように羽を動かそうと意識する。

自然と強く羽ばたき始める禍々しい羽。

それは半分俺を包むアクアの水から飛び出し、力強く動く。一切の水流も空気の流れも作り出さず、俺達の体が上昇を始める。

アクアが右手で俺に繋がった形で、飛び上がり、そのまま薄青色のガスの海を突き抜け、一気に羽付きトカゲ達が旋回する高さまで近づいていく。

羽付きトカゲ達も俺達が近づいてきたことに気がつき、旋回を乱してバラバラに動きを変える。

俺は羽付きトカゲ達より上空に位置取ると、上昇をいったん止め、その場でホバリングする。

アクアがそのタイミングで俺を手放すと、思いっきり俺のことを蹴りつけて、その反作用で羽付きトカゲの一体に飛びかかる。

「ぐえっ。ごはっ！」

腹を思いっきり蹴られ、アクアの右手だった水を吐き出しながら横に飛ばされる俺。

すべての水を吐ききると、空気に溺れそうになり、急いでエラを解除する。

俺が何とか体勢を立て直した時には、次々に羽付きトカゲを乗り移りながら殴り殺しているアクアが、最後の羽付きトカゲの脳天に、拳を埋めている所だった。

脳天を打ち抜かれた羽付きトカゲが落下を始める。アクアがその死に体のトカゲを思いっきり踏みつけ、俺の方に向かってくる。

俺は無意識に腹を庇《かば》いながら、少しずれるように移動して手を伸ばす。

みょーんと伸びてきたアクアの手を摑む。

羽付きトカゲ達の死体はすべて、薄青色のガスの海の中へと沈んでいってしまった。生命に死をもたらすガスは、荒野のかなりの部分まで広がりを見せている。

「ああ、魔石、もったいない……」

俺達は重力軽減操作をかけ、滞空している。

足元は一面の薄青色のガス。

まるで雲海のようなそれは、ほとんどの生命にとっては致命的な危険を有している。そんな危険物が漂う上空で、俺は沈んでいった羽付きトカゲ達の魔石を惜しんでいた。

（こんなに広がっていて、しかもダンジョンだけに、実際は密閉空間。回収は無理だろうな……）

俺のそんな内心の愚痴にアクアが答える。

「クチキ、俗物なの？」

「ぞ、俗物!?　さすがにそれはひどくない、アクアちゃん。俺は一冒険者として、当然の心配をしているだけだからね。だって、ここが何層かわからないけど、絶対高額魔石だよ！　もしかしたらネカフェ生活から脱出できるかもだよ！」

「ダンジョンから脱出できるかも不明なの。そんな心配、無意味なの」

しかし、そう言いながらも、無表情でアクアは手を差し出してくる。その手には子供の握り拳ぐらいの大きさの黒い魔石が一つ。

「それにアクアちゃんは、ひどくないの。最後の羽付きトカゲの脳天ぶち抜いたら、ちょうど魔石あったから、引き抜いておいたの。はい、これ。アクアちゃんに感謝するのだ」

「おおっ。大きい！　ありがとう！　こんなに大きな魔石、絶対オークション案件じゃん。数百万はするよ絶対。それだけあれば、保証人なしでもアパート借りられるかも……」

俺は俗物呼ばわりされたことはきれいに水に流し、アクアから魔石を受けとる。

「うむうむ。感謝しているなら、今後はアクア様と呼ぶのだー」

アクアが調子に乗るので、とりあえず合わせてあげる。

「ははー！　アクア様。恐悦至極でございまする」

シアン化合物のガスの雲海の上で、手を繋ぎ、浮かびながらそんな茶番を繰り広げる俺とアクア。

アクアはすぐに飽きたのか、話題を変える。

「さあ、さっさと次の階層に行く扉を探すの」

「探すったってどうやってさ？　しらみ潰しに飛んでみる？」

「クチキ、馬鹿なの？　シアン化合物のガスに沈んでいたら見えないの。だいたい、アクアちゃんはもう毒の処理は、いっぱいいっぱいなの。ガスの中を時間をかけて探すとか、こりごり。これ以上アーモンド臭は嗅ぎたくないの」

文句を垂れるアクア。

「さっさと鑑定使えばいいの。この階層を鑑定したら扉の場所もわかるの」

簡単に言ってくるアクア。

俺は反論する。

「痛すぎて無理だよ！　どんだけ時間かかるかもわからないのに、耐えられないって」

「じゃあイド生体変化で脳にデータ処理用の部位を作るの。それで完璧」

「それは……。それで、本当にうまく行くの？　それにさっきエラ作っちゃったから、イドの残りが少ないよ」

俺が反論するとアクアはため息をつく。

「それなら先にイドを集合的無意識から汲《く》み取《と》ればいいの」

「集合的無意識って、概念だけで実在はしないんじゃ？」

「アクアちゃんは集合的無意識経由で読心しているの。イドのすぐ下にあるんだから、つべこべ言わずにさっさと汲み取り器官を作るの」

「そんな、性急な……。だいたいどこにどんなもの作るかわからないと」

俺が困惑して答えると、アクアはさらに言いつのって畳み掛けてくる。

「クチキはすでにエラを大して理解しないで作っているの。イド生体変化のスキルにお任せで、データ処理器官もイド汲み取り器官もできるから心配無用なのだ」

なぜか、どや顔に見えてくるアクアの無表情な顔。

それが悔しくて俺は反論してみる。

「だいたい副作用とかないの？」

「少し、魂が変容したり、精神が汚染されるだけなの。命に別状はないの。ほら、ダンジョンで野垂れ死にたくないなら諦めて言う通りにするのだ。それか他のアイデアがあるなら言ってみるの」

どうせそんなものはないだろうと言わんばかりのアクア。

「魂が変容したり精神が汚染されるって大事じゃん！」

俺は思わず大声で叫んでしまった。

脳みそ大改造

「はいはい、大事だね。アイデンティティーの崩壊だね。さて、いいからさっさとやるのだ」

アクアが容赦ない。

「いや、やらざるを得ないなら、やるけど、せめてもう少し労《いたわ》ってよ！　召喚主は俺だよね⁉　その召喚主が、これから魂とかを犠牲にしようとしているんだよ。なのに、その態度なの？」

俺は今回は断固抗議する。魂や精神を犠牲にしてまで生き残りたいかと言われたら、当然生き残りたい。生きて地上に帰りたい。

しかし、それとアクアの態度は別問題だ。

「ああ、そうね。はいはい、大事大事なの。大変大変なの」

ものすごく、なげやりなアクア。まるで聞き分けのない子供を適当になだめすかしているかのよう。

「むぐぐっ」

俺は全く納得できず、しかしいつまでもこんな所で滞空しているわけにもいかないので、諦めてスキルを使うことにする。

（こうなりゃ、やけだ！　勢いだっ！　わけのわからん器官だし、名前も適当に決めてやる！）

「スキル、イド生体変化、発動っ。集合的無意識を穿《うが》て！　イドを奪い取れ！　イド・エキスカベータ生成！」

目に見える変化は何も生じない。

一切の苦痛もなく。

体も、世界も。まるで変わらぬ様子。

(なんだ？　大したことない？　それとも失敗したのかな。それはそれで恥ずかしいな。気合いの入った掛け声叫んじゃったよ)

俺が疑いを持つほどの時間は経てど、何も起きない。どこか気が抜けたような、安心したような気分。

しかし、突然、それは起きた。

激しいめまい。そして、精神の奥底から極彩色の何かが溢れてくるような幻覚に襲われる。

うねうねと色を変えるものが、視覚いっぱいに広がる。

極彩色のそれは渦巻き、形を変え、目の前で激しく伸び縮みを繰り返す。

見つめ続ければ狂気に引かれてしまうことが、本能的にわかるような幻覚。

アクアの言っていた、精神が汚染されていく感覚が、肌で感じられる。体が自然に許容しうる速度を超えて取り込まれるイドがもたらす負荷。そして、何よりも恐ろしいのが、そのことに、そこまで恐怖を感じられない自分自身だ。

まるで、すでに俺自身の一部は極彩色の何かに汚染されていて、更なる汚染をどこかしらで喜んでいるのではないかと、疑ってしまう。

俺は急ぎイド・エキスカベータを解除する。

すぐに消えていく極彩色の幻覚。ただ、舌に残るような後味の悪さだけが消えない。

俺が、ステータスを確認すると、確かにイドは満タンまで回復していた。

アクアに告げる。

「はあ、はあっ。イドの汲み取りはできるぞ……」

「じゃあ次はどこかに着陸して鑑定なの」

(気楽に言いやがって)

俺はアクアを睨みながら心の中で文句を言う。当然伝わることは想定して。

「生き残るためって自分で言ってたの。それでどこに降りるの?」

黒龍のターバンを外して、深淵のモノクルを装備する必要がある。俺は最適な場所を考える。

地上は薄青色のガスが広がり続けている。ダンジョンの縁の方まで広がる可能性があるから、おちおち鑑定なんてしていられないだろう。

「あの塔、しかないな」

「あそこは多分、羽付きトカゲの巣になってるの」

「そうだけど、仕方ない。見つからないように行く。もし見つかったらできるだけ素早く倒してくれ」

俺はそうアクアに告げると、塔に向かって、頭の魔法陣から生える真っ黒な翼を羽ばたかせた。

運よく、敵に見つかることなく塔にまで接近することに成功する。その外周をゆっくりと羽付きトカゲ達に見つからないように気をつけて見て回る。

「どこにも降りられそうな場所、ないな」

「あまり上に行くと羽付きトカゲ達の使う出入り口なの」

俺の独り言にアクアが答える。

「ああ。気をつける。さて、どうしたものか」

「はあ、世話が焼けるの。アクア様が塔に張り付いてクチキを支えてやるの」

（アクア様ネタ、まだやるのね）

「ありがとう……」

俺のお礼の言葉もそこそこに、アクアは塔に取りつくと、足の裏で塔にそのまま張り付き、横向きに立ち上がる。

そして俺の右手を摑んでいたアクアの右腕がそのまま俺の体の方へ回ると、緩めに締め付け、落ちないよう支えてくれる。

俺は固定されたのを感じると、飛行のスキルを解除する。頭の魔法陣がゆっくりと回転を止めると、飛び散るように消える。

それに合わせて黒い翼ももげるように抜け落ち、空中で霧散する。

俺は黒龍のターバンをしまうと、深淵のモノクルを取り出し、装着した。

鑑定の真価

俺が体の固定具合を再度確認していると、アクアから声がかかる。

「クチキ、鑑定のデータを処理する器官の作成、イド・エキスカベータと併用するの」

「え、どういうこと？」

アクアは横向きに壁に立って、上目遣いでこちらを見ながら話す。

「それだけイドの消費が激しいの。鑑定で取得できる情報量が多すぎると、データ処理の器官が過剰稼働して壊死《えし》していくの。それを常に回復させるのにイド生体変化を使い続けるの。だから常にイドを補充しながらにする必要があるの」

「……ねえ、アクアは何でそんなことを知っているの？」

「秘匿事項なの」

目を伏せ言葉少なく答えるアクア。

「わかったよ。まあ、助かっているのは事実だしね」

俺がアクアに答え、会話が途切れる。俺は鑑定を使うにあたって、息をゆっくりと整え始める。

手には深淵のモノクルを構え、気合いが入った所で、イド・エキスカベータを使用する。

そして、極彩色の精神汚染が少しでも少ないうちにと、急ぎデータ処理器官を脳内にイド生体変化によって作り出す。

イド・エキスカベータと異なり、明らかに脳内を圧迫されるような感覚に襲われる。

当然、痛みもない幻覚なのだが、物質的な質量を持った何かが、頭の中でどんどん膨らんでいく。

同時に、集合的無意識から汲み取られたイドによる精神汚染が始まる。

極彩色に染まる視界の中、俺は急ぎ深淵のモノクルを左目にはめる。

左目を通して、膨大な情報が流入してくる。しかし、データ処理器官をかませることで、それは取捨選択され、フィルターで濾《こ》された無害な情報となって脳内で再生される。

同時に熱を持ち崩壊し始めるデータ処理器官。その欠損率も鑑定の効果で手に取るようにわかる。

（こんなに早く……）

俺は急ぎイド・エキスカベータで汲み取ったイドを使い、データ処理器官の修復を行う。

その間に、ダンジョンの情報をできるだけ取得する。

（魂の変容率が……、精神汚染も6％を超えた。スキル、すべて解除っ！）

俺は急ぎ深淵のモノクルを外す。初めて鑑定を使った時のような死にそうな痛みに襲われることなく、無駄な情報に振り回されることもなく。無事に必要な情報を手にいれることに成功した。

俺は自身のステータスを開く。支払った対価を確認するために。

氏名　朽木　竜胆
年齢　二十四
性別　男
オド　24
イド　11

装備品
ホッパーソード　（スキル　イド生体変化）
革のジャケット
カニさんミトン　（スキル　強制酸化）
なし
Gの革靴　（スキル　重力軽減操作）

スキル　装備品化、
召喚顕在化　アクア（ノマド・スライムニア）
魂変容率　0・7％
精神汚染率　5・9％

鑑定で見た限りでは、精神汚染はリミットを超えなければ、徐々に自浄作用で減少するらしい。

（問題は魂変容率だ。これは増えるばかりだからな。安易にデータ処理器官を生成しての鑑定は使えないな）

黙ってこちらを見ていたアクアが話しかけてくる。

「それで、どちらにするの？」

当然すでに鑑定して俺が得た情報を読心しているアクアは、俺のまだ決断していない部分について聞いてくる。

そう、実は扉は二つあったのだ。鑑定で見えたことをまとめると、まず今、居るのは三十九層。

そして、正規の三十八層に向かう扉は、ちょうど今居る塔を中心に、俺達が四十層から上がってきた扉の点対称の位置に存在する。もちろん今はシアン化合物のガスの海に沈んでいる。しかし、真上から飛行で突っ込めば、アクアの毒処理の限界までには扉にたどりつけるはずだ。これは比較的容易に次の階層へと行ける道。

そして、もう一つ。裏道がこの階層には存在した。

鑑定によると、それは危険な道だが、一気に上層まで跳べるらしい。

俺はしばしの沈黙の後、意を決してアクアの方を見る。

読心で俺の思考をすべてトレースしていたアクアは、俺の視線を受け、軽く頷《うなず》いた。

裏道

俺は黒龍のターバンを装備し直し、飛行を発動する。

再び現れる魔法陣と、そこからにょきにょき生える漆黒の羽。

俺が滞空するのを確認すると、アクアは俺を固定していた腕を離す。

そして、アクアは、その右手を握りしめる。ぐわっと一回り以上、拳が膨らむ。

腕を大きく振りかぶり、足元の塔の壁に、渾身の拳を叩きつける。

爆発音と間違えるぐらい激しい音とともに、もうもうと砂埃《すなぼこり》がたちこめる。

砂埃がはれると、そこに塔の壁に空いた大穴が現れる。そこからするりとアクアが潜り込むと、俺も後に続く。

中はがらんとした空間で、内壁沿いに螺旋《らせん》状の階段が上下にどこまでも延びているように見える。

「羽付きトカゲが音にひかれてくるの。一気に下に向かうの」

俺に摑まってくるアクアの右手を取る。俺は螺旋状の階段から飛び立ち、塔の真ん中の空いている空間を一気に下降していく。

ちらりと振り返ると、上空には無数の黒い影。

（さすが羽付きトカゲの巣、ものすごい数だ！　あんなの相手にしてらんないな）

俺は気合いを入れて加速する。

すぐに、一階部分の床が見えてくる。ここにもシアン化合物のガスがたまり、薄青色に染まっている。

アクアが液状化し、俺の全身を飲み込む。俺も慣れてきたもので、完全にアクアに覆われてしまう前に、思いっきり息を吸い込んでおく。

そのまま一気に、シアン化合物のガスに突っ込む俺とアクア。

急制動をかけ、床に着陸すると、羽を消す時間も惜しんでアクアに包まれたまま、急いで先ほど鑑定で見た壁際に向かう。

しかし、目当ての場所は、なかなか見つからない。

（えっと、確かここら辺のはずだけど……）

薄青色のガスで視界が悪い。

俺が迷っている間に、上空には追い付いてきた羽付きトカゲ達が、塔の内壁沿いの螺旋階段にどんどん着陸し始める。ぐるりと羽付きトカゲ達が並ぶ。

着陸した個体から、口を開け、こちらに狙いを定めてくる。次々に薄青色のブレスを吐き出し始める羽付きトカゲ達。

「ガスの濃度が上がってるの！　毒の処理が追いつかない。急ぐの！」

いつも無表情なアクアの、珍しく焦った声に急《せ》かされ、たちこめるシアン化合物のガスの中、俺も急いで壁を探る。

（あった！）

俺は壁に彫られた人型の像を、ようやく見つける。年月が経ち、崩れ始めていたせいで、なかなか見つけられなかった。

俺は急ぎリュックから革装の本を取り出す。

俺の意思を読み取ったアクアが、俺の手から本を受け取り、人型の像の顔の部分と思わしき場所に、本をかざす。

すると、革装の本に埋め込まれた石が一瞬、カッと光を放つ。

その光を受け、人型の彫像の欠けた瞳も呼応するかのようにチカチカと瞬《まばた》く。次の瞬間、俺達の立っていた床が消失する。

落下する俺達。

羽を消さずにいたことが幸いし、すぐに落下の勢いを消す。急ぎ上を見上げると、すでに床は閉じたのか、ガスが侵入してくる様子はない。

（何とかなったーっ！）

「何、気を抜いてるの！　ここからが本番なの！」

俺の見た鑑定結果を読心で読み取り、ここがどこだか知っているアクアに注意されてしまう。

アクアの粘体は、俺の体を覆うのを止めると、ぬるっと動いて腕の形に戻る。アクアはそのまま、俺の右手に摑まりぶら下がる。俺は止めていた息を吐き出し、大きく深呼吸をすると、アクアに反論する。

「わかってるっ！　地下闘技場だろ？」

俺のその声がフラグだったのか、闘技場の中央に大きな魔法陣が突如、展開される。

すぐに魔法陣の光が消え、代わりに魔法陣のあった場所には人影が現れる。

それは、一振りのブロードソードを構えた、巨大な鎧《よろい》の騎士だった。

リビングメイル戦

ブロードソードの剣先を下げたまま走り出す鎧の敵。

アクアが俺の手を放し、地面に降り立つと、鎧の敵に駆け寄る。

「アクア様が、リビングメイルは抑えるの。クチキはもう一体を何とかするの」

リビングメイルが旋回しながらブロードソードを振り回す。その刃がアクアの体を切り裂き、すり抜ける。

リビングメイルの剣撃など、まるでダメージがないかのように平然としたまま、アクアが拳をふりかぶり、リビングメイルの胴体目掛け、突き出す。

その拳を盾で受け止めるリビングメイル。足元の地面を削りながら後退し、しかし、こちらも無傷の様子。

「もう一体……？」

俺がアクア達の戦いを見守りながら呟く。目のはしに、刃物の煌めきが映る。とっさに後方に飛ぶ。

飛《と》び退《の》いた俺の首のあった場所を大鎌の刃が通りすぎた。

「うわっ、あぶねっ！」

リビングメイルの陰に隠れて、大鎌を持ったレイスが召喚されていたようだ。

俺はさらに後ろに飛びながら、ツインテールウィップに換装し、レイス目掛けて振るう。

(当たれ！)

鞭の先端は何の抵抗もなくレイスを通り抜ける。

「え、うそ……」

俺が呆《ほう》けている間に、するすると空中を滑るように近づいてくるレイス。鈍く光る大鎌が禍々しい。

俺も慌てて逃げる。

「霊体だから、物理攻撃無効なのかっ⁉　アクアの奴、知ってたなー！」

俺とレイスの空中を駆け巡る鬼ごっこが始まった。

どれ程時間がたっただろう。戦況は完全に膠着していた。

斬撃を無効化し、力押しで向かうアクア。しかし、高い技量でそれに対抗するリビングメイル。

一方的に逃げ回っている俺。

(攻撃手段が一つもない……。江奈さんがいればこんな敵、ただの的なのに)

俺はホッパーソードに持ち換え、レイスの攻撃の瞬間の大鎌を狙ってみるが、無情にも、それすらもすり抜ける。

逆に大鎌がわずかに腕にかすってしまう。

逃げながら、切られたか確認するが物理的な傷はついていない。しかし、ステータスを確認してみると、オドとイドがわずかに減っている。

(レイスの大鎌は精神攻撃みたいなものなのか)

俺は一瞬だけ、イド・エキスカベータを使用し、イドだけ回復させる。

(オドも削られるのはまずい。弱体化の状態異常っぽいけど、くらい続けたら、逃げられなくなってタコ殴りになる……)

しかし、限られた空間しかない室内のこと。たとえ飛び回って三次元的に逃げていようとも、俺は徐々にすみの方に追い詰められてしまう。

俺がいよいよ危なくなり、無理な体勢で大鎌をかわした時だった。しっかり閉まっていなかったリュックから、革装の本がこぼれ落ちる。どうやらアクアが先程俺から離れる時に、適当にリュックに突っ込んでいたようだ。

空中を舞う本を、とっさに摑む。

ちょうど石に刻まれた刻印の所に手が触れる。俺の手の中で、革装の本に埋め込まれた石がイドを吸収し、光り始める。

(えっ、何で今⁉)

その瞬く光がレイスに届くと、レイスは嫌がるように俺から離れていく。

枯渇していく俺のイド。それに合わせ、瞬く光が強くなる。

(何でこの石、光っているの？　最初にイドを吸った時は光ってなかったよな。そういや、地下闘技場に入る時に壁の彫像に向けたら光ったけど、もしかしてそれで何かの条件を満たした？　……

イドがヤバい、イド・エキスカベータ発動！）

強くなる光を明らかに嫌がる様子のレイス。

俺はイドを注ぎ続けながら、本の石をかざしてレイスに向かう。逃げ出すレイス。しかし、逃げるだけでダメージが入っている感じはしない。

そのままレイスは闘技場の中央で闘うリビングメイルの所に向かうと、するりとその鎧の中に入り込む。

「合体した⁉」

これまで全く気にしていなかったリビングメイルの斬撃を、アクアがかわし始める。

どうやらリビングメイルとレイスが合体したことで、リビングメイルのブロードソードの攻撃でもイドとオドにダメージが入るようになってしまったらしい。

アクアが叫ぶ。

「クチキも、ボーっとしてないで、手伝うの！」

「いや、待って。ボーっとはしてないから！　こっちも大変なんだから！　絶対わかって言ってるだろ」

その時、俺は手の中で、革装の本が暴れようとするのを押さえるのに、必死だった。

無尽蔵かと思うぐらいに石に吸い続けられるイド。イド・エキスカベータの影響で、目の前では極彩色の光が舞い踊り、手の中では本の石がまるで意思を持ったかのように激しく光り、振動を始めていた。

もう、押さえられないと思ったその時だった。急に石の光が収まり、振動もゆるむ。次の瞬間、手のひらの上で、石の周りの本の部分がぐにゃぐにゃと、形を変え始める。

まるで生きているかのように手の中で蠢く本。そのまま、徐々に本の部分が石に吸収されるかのように小さくなっていく。そして、石だけになった瞬間、一度収まった光が再び溢れ出し、辺りを白く染める。

光の中、何かが、改めて石から生えてくる。持ち手のような形をとり始めるそれ。そして、光が収まった時には、俺の手の中には、一丁の引き金のない拳銃があった。

起動魔石の位置にある、かつて本に埋め込まれていた石が、煌々《こうこう》と光を放つ。

(何かが、溢れてくる?)

俺がそう感じると同時にアクアが叫ぶ。

「クチキ、暴発するのだ！　リビングメイルにそれ、向けるのだ！」

俺は言われるがまま、拳銃の銃口をレイスと合体したリビングメイルに向ける。

アクアが無表情のまま、焦ったように離脱するのが目の端に映る。

俺が拳銃を向けきった瞬間、溢れんばかりの光が、ついに決壊し、銃口から放たれる。それは光の奔流となってリビングメイルに襲いかかる。

とっさに盾を掲げるリビングメイル。

アクアの渾身の一撃を軽く防いでいた盾が、まるで紙のように破れる。光の奔流がリビングメイル本体に襲いかかる。

一瞬で蒸発するように溶け、弾け飛ぶリビングメイル。その内部に潜んでいたレイスだけがその場に残る。しかし、レイスも、光の奔流を受け、徐々にその体を崩壊させ始める。

ちょうどレイスが完全に崩壊した瞬間、拳銃から溢れた光の奔流が収まる。

レイスとリビングメイルが立っていた場所には、鎧のような何かと、布らしきものだけが、残されていた。

宝箱

俺はイド・エキスカベータの発動を中止する。

吸いとられたイドは枯渇寸前だが、精神汚染が危険水域に近づきすぎているのでやむを得ない。

同時にイド枯渇による精神的苦痛に耐えながら、その場に座り込む。気絶しないようにするのが精一杯だ。

アクアが何やらしている様子が目の端に映るが、気にする気力もわかない。

どうやら落ちていた装備品を拾ってきてくれたようだ。

「クチキ」

「んー」

だるくて生返事を返す。

「宝箱、あったの」

手のひらサイズの小箱を差し出すアクア。

「何だってーーっ！」

俺は飛び起きる。

宝箱といえば、ダンジョン探索のハイライト。出る遺物や宝物によっては、人生の節目になると言っても過言ではない。

俺は震える手でアクアから渡された箱を持つ。

ゆっくりと、箱を見聞する。木箱に、植物の柄が彫られた縦長の箱だ。蝶番《ちょうつがい》で開くようになっている。

「罠は？」

「さあ。心配なら、鑑定するの」

アクアの素っ気ない返事。

俺は悩む。

罠があるかは絶対確認しないといけない。けど、鑑定使うと色々差し障りがあるしな。

でも、早く中が見たい。

俺は一つ深呼吸し、箱をそのままリュックにしまった。

「今は、確認するのは無理だ。無理に開けて自壊したら泣くに泣けないし。我慢、一択」

「独り言うるさいの」

アクアの辛辣な意見を聞き流し、当初の目的である帰還のための探索を始める。

今回はすぐに見つかった。

リビングメイル達が出現した場所の床に、石の刻印と同じ模様が描かれている。

（塔の外で鑑定で見たダンジョンの情報では、ここに、この石をかざすんだけど……）

俺は引き金のない銃にはまっている石を見下ろす。

俺は石の刻印と、床の刻印とが向かい合うよう、銃を捧《ささ》げ持つ。

両方の刻印がチカチカ点滅したかと思うと、床の中から、ゆっくりと何かがせりだしてくる。

思わず飛び退く俺。

するすると出てきたのは、階層転移の扉だった。

あっという間に、目の前まで浮かび上がると、いつものように枠が拡大と縮小を繰り返し始める。

「アクア？」

「こっちの準備はいいの。これ」

アクアが拾ってくれていた装備品を渡してくるので、一度荷物を整理して、何とかしまいこむ。

布はリュックに入ったが、鎧だと思った物はチェーンメイルだった。何とか折り畳んでしまおうとするが、嵩張《かさば》りすぎて諦め、腕で抱える。

「じゃあ行くの。手を出すの」

「うん？」

俺は不思議に思いながら空いている方の手をアクアに差し出す。

アクアはその手を握ると、いつものように足を振り下ろす。ダンジョンの床に足をめり込ませ、動く枠を力ずくで固定する。

俺は、固定された扉の闇の中へ、踏み出した。

青い空

扉を通り抜けると、そこは突き抜けるような青い空だった。

「え、外⁉」

アクアの片手を摑んでいた俺の手には、蒼色のカードが一枚。

俺は思わずキョロキョロ辺りを見回す。どうやらダンジョンの入り口すぐの場所のようだ。

アクアがいない。

再び、手の中のカードを見下ろし、呟く。

「そうか、ダンジョン出たから、送還されたのか。ありがとな、アクア。お前のおかげで生きて空が見れたよ」

突然、背後から声をかけられる。

「竜胆、無事だったのか」

俺が振りかえると、県軍の姿が。なぜか、皆、手に持つアサルトライフルをこちらに向け、険しい視線。

その中から、陽翔が進み出てくる。

「あー。陽翔？　これは一体……？」

俺はとっさに手をあげる。そのまま、辺りを見回そうとすると、県軍の兵士が一人、アサルトライフルを威嚇するように突き出してくる。

思わず動きを止める。陽翔が俺に突きつけられたアサルトライフルの銃口を押し下げてくれる。しばし無言の時間が続、やがて陽翔が口を開く。

「竜胆、どうやって出てきたか聞いてもいいか。二層へ往き来する扉は消えてしまっているはずだ。そして一層はすみずみまで捜索したが、竜胆の姿はなかった」

(これはかなり疑われている、よな？　ここはある程度情報を開示しないといけないか。問題は信じてもらえるかだが……)

俺はそんなことを考えながら答える。

「わかった。知っていることは話そう。ただ、こんな所で話す内容でもないだろう？」

「よし、じゃあ県軍の詰所で……」

「ちょっと待ちなさい！」

陽翔の声に被せるように、制止の声がかかる。江奈が割り込むように身を滑り込ませながら声をあげ、近づいてくる。

「朽木竜胆は冒険者よっ！　聴取は冒険者協会に優先権があるわ。朽木竜胆の身柄は冒険者協会で預かります」

「江奈・キングスマンか。確かにダンジョン内では冒険者協会に優先権があるだろう。しかし、事は治安維持に関わる。とすれば我ら県軍の管轄。それに、江奈・キングスマン、貴殿がいかに二つ名持ちとは言え、一介の冒険者に過ぎない。そこを退いてもらおう」

江奈はそれを聞き、ジャケットの内側から一通の封筒を取り出す。急に封筒を破り取り出した紙を掲げる。

それは以前にも見た、冒険者協会の支部長からの召喚状であった。

（また呼び出しか……。二度目だ）

俺は校長先生に呼び出される学生のような気分になりながらそれを眺める。そんな俺の頭越しに、江奈と陽翔の間で話が続いていた。

「くっ、いいだろう。ただし、私も立ち会わせてもらおう」

「わかったわ。さあ、朽木。行くわよ」

こうして俺は再び冒険者協会支部に向かうこととなった。

向かう道すがら、俺は江奈に気になっていたことをこっそり聞いてみる。

「よくタイミング良くあそこに居たね？　しかも、そんな召喚状も持って」

江奈は、何言ってるのコイツといったジト目を向けてくる。

「朽木、支部長に目をつけられているのよ。交代で見張っていたの。たまたま私の番の時に朽木が出てきただけよ」

（あー、そうなんだ……。切れ者っぽいとは思っていたけど、俺自身、生きて出てこれるかわからなかったのに、この手際の良さ。しかも目をつけられているのか。あんまり聞きたくなかった……）

そうこうしているうちに、支部につく。すぐに支部長室に通される俺達。

支部長の変わらぬ好々爺《こうこうや》然とした笑みがいつもより深く、なぜか危機感を煽ってくる。

「朽木君、よくぞ無事に戻った。スタンピードを止めた英雄の君が行方不明と聞いて、心配していたんだよ。さあさあ、皆も座って」

「私はここで結構」陽翔はそう言うと入り口近くに立つ。

俺と江奈は支部長の向かいに腰を下ろす。

「さてさて、何があったか話してくれるね」と支部長。

俺はしばし逡巡《しゅんじゅん》するも、意を決して、ダンジョンで手にいれた元、革装の本の銃を取り出す。

捧げ持つようにして、江奈達の目の前に出す。

「こ、これは！　魔法銃じゃないの⁉　ダンジョン産ね。きれい……」

両手をふらふらと、元革装の本の銃に伸ばす江奈。

手が触れるかという時に、パシンという軽い音がして、手が弾かれる。

「もう朽木君に所有権が固定されているようだね。見たことのないタイプの魔法拳銃だ。引き金がないね？」とその様子を見ていた支部長。

「そうなんです。しかも元々は本で……」

俺はプライムの因子のことだけ省いて、入手の経緯を伝え、今回のダンジョンの活性化の手がかりがあるかもしれないという俺の推理も伝える。

（プライムの因子のことは、言わない方が良さそうだしな）

「……」

無言で考え込む支部長と江奈。何を考えているのかはよくわからない視線を向けてくる陽翔。

「わかった。私の師匠を紹介するわ。どうでしょう、支部長？」

「そうか。うむ、確かにキングスマン君の師匠なら適任かもしれないね。よし、正式に依頼として発行しよう。同行、よろしく頼むよ、キングスマン君」

「えっと、すいません、話がよく見えないのですが？」俺は困惑しながら自分の頭越しにどんどん話が進んでいく様子に口を挟む。

「とりあえず連絡先さえ教えてもらえれば一人で行きます……」

俺の言葉に被せるように江奈が話し出す。

「何言ってるの。連絡つくわけないでしょ。一緒に連れていってあげるわ。出発は何日後にする？」

そう言うと、スマホを取り出し、何かの予約を始める江奈。

「え、いや、ちょっと待って。連絡つかない？　一緒に？　というか、どこにいるの、その師匠さん？」

「師匠は現代機器に疎いの。場所は、富死山中腹にある、ガンスリンガーの本山に決まっているでしょ」

何当たり前のことを聞くのといった顔をして、きょとんと答える江奈であった。

旅立ち

待ち構えていたとばかりのタイミングで、俺達が話し合いをしていた部屋のドアがノックされる。

冒険者協会の幹部っぽい人々が続々と入ってくる。

「今後の方針は決まった。キングスマン君は退室しても結構だよ。もちろん。朽木君は残ってくれたまえ」と、支部長。

江奈と、陽翔もその支部長の言葉を受けて退室していく。

その後、待ち構えていたのは、支部長と見知らぬ幹部っぽい面々による、尋問かと思うようなオ・ハ・ナ・シのお時間だった。そこで俺は、同じような説明をさらに詳しく延々とするはめになった。

当然、スキルのことも聞かれた。何せ、あの状況から生還しているわけで。それこそ、根掘り葉掘り聞かれました。しかし、何とか詳細は死守した。装備品化スキルとプライムの因子はセットのようなものだから、何としても話すわけにはいかなかったのだ。

それに、もともと冒険者には、保有スキルを聞くのはマナー違反という風潮もある。なんといっても、それが俺達の飯の種であり、切り札になるから。

非常に汎用性の高い、強力なスキルを手にいれたということで押し通した。非常に疲れる時間であった。

まあ、あまりにしつこく聞かれたので、実は気をそらすために、途中で羽付きトカゲの魔石を出した。その時の、どよめきと、幹部連中の驚愕《きょうがく》の表情は爽快だったが。

ここまで大きくて純度の高い魔石は、数年ぶりの大物の出物らしく、経理担当っぽい幹部さんが色めき立って食いついていた。とんとん拍子で支部主催のオークションをしてくれることになり。手数料の件含め、支部側の言い値で俺は一任することにした。

数百万円は固いとの経理担当の言葉に、内心舞い上がっていたのは事実。だが、何より今後もこれぐらいの魔石なら取ってくる自信が秘《ひそ》かにあった。それに、将来を見据えて、装備品化スキルを秘匿する代価として向こうの言い値にすることにした。一応、次からは手数料の割合は交渉させてもらいますよと、釘《くぎ》だけ刺しておくのは忘れていない。

あと、特筆すべきなのは、俺がダンジョンを脱出した後に、消えていた二層への扉が再び現れたこと。俺達のオ・ハ・ナ・シ中に職員がそのことを支部長に耳打ちに来ていた。

当然、俺が事情を聞かれたわけだが。そんなことを聞かれても知らないと、突っぱねた。まあ、実際何も知らないわけで。無理矢理想像するなら、逃がした獲物（俺）を再び呼び込むためかとも思ったが、プライムの因子のことを話さずにそんな推測を話すわけにもいかず。

俺はそこで、今度は手にいれた宝箱を取り出して、再び皆の気をそらす作戦に出た。

さすがに二度目ともなると、そこまでの効果はなかったが、深層で手にいれたもののことで、すぐに協会お抱えの最高の鍵師が呼ばれることとなった。諸々《もろもろ》の費用は魔石のオークションの売上から相殺してもらうことにした。

色々あったのだが、結論から言うと、宝箱の中身は、ポーションだった。

初めての宝箱が開く瞬間はドキドキするものだった。鍵開けの匠《たくみ》の手で、鮮やかに解錠され、カチャッと鍵の開く音の心地よい響き。ゆっくり持ち上げられる蓋。中には針付きのアンプルのようなガラスの筒が一本。金色に輝く金属製の蔦《つた》のような美しい装飾が、ガラスに絡み付くように施され、ガラスの中にも金色の液体が詰まっていた。

ポーションといっても、それはどんな肉体的な欠損でも癒《いや》す霊薬とも言うべき性能らしい。過去数度、宝箱から出現しており、その度にニュースになるような貴重品だった。

当然、お高い。相当お高い。経理担当の役員が、魔石の時の比ではないぐらいの勢いで、食いついてきた。

俺は、今回はオークションには出さないことにした。なんといってもダンジョンで俺が自分で使う可能性もある。

そうして夜遅くまで続いたオ・ハ・ナ・シがようやく終わると、俺はくたくたの体を引きずるようにして、安息の地であるネカフェへと帰ってきた。

久しぶりのネカフェは、まさに天国だった。

再び、ファミリールームを貸し切る。ダンジョンで気の張る日々の後のネカフェは本当に、落ち着く。え、ホテル？　どこも休業中でした。ダンジョンの活性化で従業員が出勤できないらしい。

そういう点では、ここのネカフェは本当にありがたい。

その晩の遅めの夕食は、ファミリールームで食べた。ネカフェ飯と呼ばれる、ネカフェで提供されるフードメニュー。普段はコスパを考えて頼まないのだが、ここぞとばかりに生還祝いに頼みまくる。こんなご時世でも、ちゃんと料理が出てくるネカフェ飯の素晴らしいこと。

たとえ冷凍品がバックヤードに大量にあるからだとしても。食べられない高級フレンチより、目の前の、レンジでチンされたカニカマチャーハンを、俺は選ぶね。

翌日からは江奈と連絡をとりつつ、今回の探索の精算に、旅の準備。そして新装備の確認と目まぐるしく動き続けた。準備のために街を歩くと、治安が日に日に悪化していくのが肌で感じられる。

そんな中で開かれたオークションに、出品者として参加したりもした。こんなご時世でちゃんとオークションになるのかと不安だったが、逆に魔石が高騰しているらしく、そこで得たお金は、かなりのものだった。

どんなにお金があっても、ホテルも営業しておらず、すぐに旅に出るから賃貸を借りる暇も無く。結局、ネカフェ住まいのままだった。

そうこうしているうちに、ダンジョンを脱出して二週間後、旅立ちの日。俺はバイクのサイドカーに乗っていた。

隣のバイク本体には当然、江奈の姿が。迷彩柄のライダーズジャケットに身を包み、いつものホルスターをその上から装着し直した姿は、さまになっていて思わず見惚《みほ》れてしまう。

江奈のしていた予約は、このサイドカーのものだったらしい。ダンジョンの活性化で、各地でスタンピードやダンジョンの因子の拡大による人類の支配領域の減少、交通機関の分断が進んでおり、一番確実な交通手段は江奈曰《いわ》く、バイクなのだとか。

俺はバイクの免許なんて持っていないのと、この方が万一の時、戦いやすいとのことで、サイドカー付きバイクで向かうこととなった。

「さあ、出発するわ。武器の準備はいいわね」

江奈の掛け声とともに、俺は住み慣れたネカフェのある街を離れることとなった。

下の道

スタートしてしばらくは順調に進んでいた。腐っても首都圏内にある県。県軍の活躍で最低限の道路網は確保されている。ただ、渋滞は深刻だ。

高速道路が閉鎖された影響は非常に大きいようで。こんな道まで、といった所まで渋滞していたりする。

当然サイドカー付きなので、すり抜けられない。どうするのだろうと思っていると、ハンドルを切って、すぐに脇道に入る江奈。

急ハンドルに、軽くサイドカーの車体が浮いてヒヤッとする。

入り込んだのは、もとは農道かと思うような狭い道。そこをすいすいと縫うように走り続ける。

そうして進むこと数時間、急に周りから動く車の姿が少なくなる。

「ここからダンジョンの因子の領域に入るわ。装甲トラックとか武装バイクぐらいしか通らないから、ある意味スムーズに進むけど、モンスターの湧きの警戒はよろしくね」と江奈。

なぜか舗装が剝がれている道路。脇には放置されたままの自転車。しかし、そこかしこに、人の気配を感じる。アクセルを吹かし、悪路を速度を上げて突き進む江奈。

(モンスターが湧くから急ぐのはわかるけど、この振動はなかなか応える)

時たますれ違う車両は確かに複数人の冒険者らしき人物が同乗している。ふと、なけなしの武装をした地元の一般人らしき集団がモンスターを取り囲んでタコ殴りにしているのが見える。

ちらりと見えたモンスターはミミズのでかい物のような見た目だった。

（ああ。命の危険はあるけど、同時に資源が取れる場所だからか。当然入り込む人達もいるか。ダンジョンに潜るよりは心理的ハードルも低いだろうしな。そして、道路の舗装が無くなっているのは、あのモンスターのせいか）

何か焼いている食べ物を売る屋台まで見かけた。どうやらモンスターを倒しに来ている人達向けに売っている様子。

（たくましいなぁ、人間って）

俺は振動にもだいぶ慣れ、サイドカーで風に吹かれながら、ちらりと見えるそれらの風景にそんなことを考えていた。

「少し迂回《うかい》するわ。あれは面倒だから」と江奈の声。

視線の先には、大きなかがり火が見える。キャンプファイヤーのようなそれの周りでは、人影が踊っているように見える。

「あれは？」

「最近流行《はや》りのダンジョン賛美主義者ね」

「何だっけ、それ」

「ああやってダンジョンの因子の濃い所で踊っている集団よ。何でも、ダンジョンの因子を取り込むことで人類は進化する。魔眼を手にいれるとか謳《うた》ってたはずよ。代表者の男は実際魔眼を手にしたとか言ってるらしいけど」

「……色んな人達がいるんだね」

「ダンジョンの活性化以来、急激に増えているらしいわ。勧誘がしつこいのよね」とこぼす江奈。

なにやら嫌な思いでもしたようだ。

迂回してしばらくして江奈が告げる。

「一度ダンジョンの因子のエリアを抜けるわ」

再び路上に増え出す車両。急に揺れなくなったと思ったら、舗装された道に戻っている。

すぐに始まる渋滞。またサイドカーは脇道に入り込み、ぐねぐねとした細い道を進み始める。


突然の振動。ガタンという音が響く。

「敵かっ」

思わず飛び起きる俺。どうやら、うとうとしてしまっていたらしい。

「なに寝ぼけてるの」

江奈の呆れたような視線が刺さる。

俺達を運ぶバイクは、いつの間にか山道にさしかかっていた。

「どれくらい寝てた？」

「知らないわよ。でも、今日はあと少し。そしたら宿よ」

俺は、狭いサイドカーの中で寝ていたせいでバキバキになった体を、できる限り伸ばして解しておく。

林道を進むバイク。その中でもぞもぞしている俺に、江奈が声をかける。

「見えてきた。今日はあそこに泊まるわ」

宿にて

目の前には江奈に言われた、最初の宿。

そこは、山間地にある、大きめの家と言った風情のペンションであった。

俺達を乗せたバイクがそこへ近づく。その音で気がついたのか、年配の夫婦とおぼしき男女がそのペンションから出てきた。

バイクを停《と》め、ひらりと飛び降り、その老夫婦に駆け寄る江奈。

親しげな様子でハグを交わし、何か話している。

俺はしっかりとサイドカーの揺れが止まるのを待ってから、のそのそと降りる。こり固まった筋肉が、痛い。

ゆっくりと江奈達のもとへ行くと、声を掛ける。

「江奈さん、そちらの方は？　知り合い？」

「ああ。紹介するよ。こちらは山村夫妻。今日の宿のご主人と奥さんだ。二人とも、元ガンスリンガー」

俺はとりあえず笑顔だけ取り繕って、握手をしておく。

「ようこそ！　君のことは江奈から聞いているよ。江奈の命を助けてくれたらしいじゃないか。歓迎するよ！　まあこんなご時世だからね。食材は地場で取れたものばかりだけど、ワイフの料理の腕は一級だから安心してくれ」

やけにテンションの高い旦那さん。俺は、そのマシンガントークに追いたてられるようにして、そのまま宿の中へと案内されていく。

背後では、江奈がその様子を見て、やれやれと苦笑していた。


案内されたのは二階の一室。荷物を部屋に置く。ホテルで言えばシングルルームぐらいの広さ。ベッドとテーブル。そして窓の外には豊かな自然の景色が広がっていた。

（ネカフェ住まいが長かったから、こういうの、久しぶりだな。逆にちゃんと寝られるか心配になってくる）

俺がそんなことを考えながらベッドに腰かけていると、夕食に呼ばれる。

時間は少し早いが、疲れた体に染みいるような手作り料理だった。さすがに山村夫が奥さんの手料理を自慢するだけある。

山村夫妻も一緒に食事を取る。他の泊まり客はいないそうだ。

「どうだい、最高の味付けだろう。その鳥はこの山で私が獲《と》ったんだ。近くにダンジョンの領域があってね。ガンスリンガー辞めても冒険者登録はいきているから。ついでに山菜も採ってきたんだよ」

そういって、ローストされたキジみたいなお肉を指差す。俺も実際に食したが、噛み締めた時に最高級の旨味がじわっと染み出てきて、あっという間に完食してしまった。

夕食後、江奈は山村夫妻と積もる話があるようなので、俺は先に備え付けのシャワーだけ浴びて寝ることにする。

そして、深夜。

カチャリと、扉の開く音が静まり返った室内に響く。俺は疲れているはずなのに、なぜかその物音で半分目がさめる。

扉の方に、細身のシルエット。

「朽木、起きている？」

抑えた声は、江奈の物だった。

「どうしたの、江奈さん？　夜這《よば》い？　さすがに下に聞こえるかもよ」

俺は寝ぼけまなこで、それでも江奈につられて一応声を抑え冗談めかして答える。

「バカっ」

俺の寝ぼけた答えに対し、静かに頭をはたかれる。

月明かりに映る江奈の顔が、赤みを差しているように見える。

(今日はレッドムーンだっけ？)

「ふぅわぁー」

俺が呑気《のんき》にあくびをしていると、江奈が焦《じ》れたようにゆすってくる。

「うおっ。ど、どうしたの？」

「いいから。ステータス開いてみて」
俺は言われるがまま、ステータスを開く。

氏名　朽木　竜胆
年齢　二十四
性別　男
オド　16
イド　7

装備品
なし
なし
なし
なし
なし

スキル　装備品化'
召喚潜在化　アクア（ノマド・スライムニア）

魂変容率　0・7%
精神汚染率　0・2%

「あれ、開いた？　ここダンジョンの領域だったっけ？」

俺が呟く。

「バカっ。いい加減、眼をしっかりさまして。敵、かもしれない」

江奈の抑えた声に、俺は一気に目がさめると、急いで装備品を身に付けていく。

室内戦闘の可能性も考え、武器はホッパーソード一択。

深淵のモノクルは、片目をつむり続けるのは暗い中では非現実的なので、黒龍のターバンを選択。

新しく手にいれた胴体装備はどちらにするか、迷った。チェーンメイルと最初俺が布だと思っていたマント。装着時間を最優先として、マントを羽織るだけにする。

(現状、どっちのスキルが必要になるか不明な感じだし、今は時間がおしい)

手早く支度を整えるのを、江奈は部屋の扉の横の壁に張り付き、魔法拳銃を構えて待っている。

月明かりに浮かぶはりつめた表情。

俺はゆっくり江奈に近づくと、手振りで準備ができたことを伝える。

「索敵しながら、山村夫妻を起こしに行く」

江奈が静かに宣言する。

俺は秘かに、戦力として自分の方が当てにされているのかと嬉しくなる。

俺が頷くと、江奈が扉を開ける。

俺はドアを押さえた江奈の横を通り、先頭になって暗い廊下へと進み出した。


ぽつん、ぽつんと電気の照明のついた廊下を、ゆっくりと進む。あまり明るくない照明だ。最初に案内された時はこんなに暗くなかった気がする。時たま、照明が点滅するように瞬く。

俺は重力軽減操作をかけ、できるだけ足音を立てないようにして、進んでいく。

電気の明かりの届かない所が、やけに暗く感じる。一度立ち止まり、暗がりに目を凝らす。

(異常は……。ないな)

後方で警戒を続けている江奈に、クリアと手で伝える。また廊下を進む。

何個かの照明と、なぜか深く感じられるその間の影を通りすぎ、一階に向かう階段まで来た時だった。

今、通りすぎたばかりの影から、突然、何かが飛び出してくる。

「朽木っ！」

撃ち出された江奈の魔法弾が、その何かに命中し、弾く。

俺は身を翻し、何かが撃ち出されたと思わしき影に向かってホッパーソードを振るう。

床と壁を切り裂く感触。

(手応えが、ない？)

俺は急ぎ江奈の元まで走る。江奈と背中合わせになり全方位を警戒する。

今度は別の影から、何かが飛んでくる。

次は、俺がホッパーソードで、それを切り払う。

同時に、江奈の魔法弾がその影に撃ちこまれる。

ひそめられる、江奈の眉。

江奈の声。

「ダメだわ。警戒、継続してっ！」

やはり手応えがない様子だ。

「朽木、切り払ったものが何かわかる？」

江奈の問いに、俺は周囲に視線を巡らす。

闇が濃いとはいえ、照明はある。しかし、何もそれらしきものが見当たらない。

「すまん、わからないや。剣先の感触では、意外と柔らかい感じもしたけど」

そういえば切り払ったとはいえ、切断した感じがなかったことを江奈に言われて思い出す。

「うえっ！」

今度は天井のすみからの攻撃。しかも、別々の場所から二ヵ所同時に放たれる、何か。

江奈が俺の左肩に乗せるように腕を伸ばし、俺の切りにくい左前方上からの攻撃を撃ち落とす。

俺はそれを見届けることなく、くるりと江奈と位置を入れ換えるように回転。

江奈を狙った頭上からの攻撃。

俺はあえてホッパーソードの腹の部分で受け流すようにして、その何かの攻撃を受ける。

「？」

まるで意思を持つかのように。その何かは進入角度と垂直に回転して、俺の視界から消える。

その様子を目のはしに捉えていた江奈。

「あれが、本体。しかも二体以上ね」

「ぽい、ねっ！」

話している間にも、立て続けの再度の攻撃。今回は一体。

話しながら、切り払う。

「見たことないモンスターだわ。搦《から》め手《て》タイプ。突進力はないけど、厄介ね」

「どうして搦め手だと？」

俺は周囲に視線をやりながら、気になったので聞いてみる。

「影を移動しているふしがある。それなのに、私達の足裏からは攻撃してこない。逆に、これまでの攻撃は、すべて私達の素肌が見えている部分を狙ってた」

早口で説明してくれる江奈。

「つまり、接触型の、毒か精神作用系の攻撃がメインね。あとは影を濃くするような環境作用系の能力のある奴らは、だいたい搦め手なのよ」

俺は、途中まで論理的な感じだったのに、結局最後は勘なのが江奈さんらしいと思う。そして、打開策を求め、自らの手持ちのスキルを必死に検討していた。

選択と責任

俺は周囲の警戒を解かないように気をつけながら、ステータスを開く。

氏名　朽木　竜胆
年齢　二十四
性別　男
オド　26（2増）
イド　16（2増）

装備品
ホッパーソード　（スキル　イド生体変化）
グランマント　（スキル　トイボックス）
カニさんミトン　（スキル　強制酸化）
黒龍のターバン　（スキル　飛行）
Gの革靴　（スキル　重力軽減操作）

スキル　装備品化，
召喚潜在化　アクア（ノマド・スライムニア）
魂変容率　0・7％
精神汚染率　0・2％

（理論的に考えて、アクアを喚《よ》ぶのが良さそうかな。あいつ、物理攻撃が効く相手なら喜んで殴りかかりそうだし。それに毒とかにも強そうだし）

なぜか、そこまで考えた所で、ブルッと体が震える。俺の野性の勘が、こんなことでアクアを喚ぶのはやめといた方がいいと囁《ささや》きかけてくる。

（うん、アクアを喚ぶのは最後の手段にしよう。前に召喚した時、大変だったたって脅されたしな。まずは強制酸化が効くかやってみるか）

俺は問題の先送りをすることにする。

「江奈さん、次の来たら任せて！」

（昔の偉い人は言ってた。なせばなるっ、てね！）

ちょうど飛び込んできた敵を、敢《あ》えて斬る振りでスルー。フェイントをかまし、カニさんミトンで掴みにかかる。

（きたっ！）

うまくミトンに収まる。

俺はここぞとばかりに力を込めて摑む。

むにょっとした感触。球体だと思っていた敵が、力を込めるにつれ、ほぐれるように形を変える。実は芋虫状の体をしていたことが、感触から伝わってくる。

「うげ、気持ち悪い……」

思わず、口にまでのぼる嫌悪感。そのわずかな隙。そのタイミングで、もう一体の敵が、俺の足元から飛び出す。カニさんミトンに下から突き上げるように命中。その衝撃で、強制酸化を発動する前に、摑んでいた敵を思わず離してしまう。

「ああ……」

思わず漏れる声。

「失敗したの？」

江奈の視線に哀れみが含まれているように感じる。俺は無言でそっと視線をそらす。

「まあ、敵の形はわかったわね」

江奈のフォローの言葉が逆に痛い。

俺は気を取り直して気合いを入れる。

（あとは、できることと言ったら鑑定するぐらいだよな……）

俺は思い悩む。確かに鑑定することで、敵の弱点がわかるかもしれない。しかし、魂を犠牲にするのは最小限で済ませたい。あとはおのが野性の勘を無視してアクアを召喚するか。

悩むこと、数瞬。ふと、まだ試していないスキルを思い出す。ダメ元気分で、それを試してみる。

「トイボックス、発動」

俺は、ほとんど試したことのない、新スキルにすべてをかける。魂の犠牲も本能の囁きも無視しない、打開の一手を求めて。

俺の言葉に合わせ、目の前に、リボンのされた紙の箱がどこからともなく出現する。

俺が旅の準備に忙しい隙間を縫って、ダンジョンの一層で数回だけ試したこのスキル。所謂《いわゆる》ガチャみたいなものだ、と思う。一日一回だけ引ける、ガチャ。何が出るかは完全に運次第。

俺は、固唾を飲んで箱を見守る。地面に落ちた箱のリボンがするするとひとりでにほどける。ゆっくりと開く。

中から、煙の演出とともに、何か白いものが飛び出してくる。

俺の、腕の中にちょうど飛び込んできたそれは、白いウサギのぬいぐるみだった。

「……うさたん、かわいぃ」と江奈の小さな呟き。

俺がスキルに夢中になっている間、一人で敵に対処してくれていた江奈。その視線は出てきたぬいぐるみに釘付けだった。

俺はぬいぐるみを念のため、念入りに確認する。

「うん、普通のぬいぐるみだ」

俺はそっと江奈の腕の中にぬいぐるみを置く。

嬉しそうに綻ぶ江奈の顔。

俺は、バッと振り返り、叫ぶように声をあげる。

「深淵の混沌の先。時の灯りの照らさぬ地に生えし不可触の大樹。そは一葉の雫を母とし、父を持たぬ者よ」

江奈の綻んでいた顔が、何言っているんだこいつという感じの、じとっとした視線になり始める。

「呼び掛けに応え、鼓動打ちし不定の狭間より顕在せよ。モンスターカード『アクア』召喚」

（これでいいんだ。これで。俺は、自分の勘は大したことないって知っている。アクア、何だかんだ文句を言うけど結局手伝ってくれたし。さあ、アクア、出てこい！）

「あっ、カード、しまいこんだままだ……」

俺が気がついた時には、時すでに遅く。

俺の寝ていた寝室の方から、どたばたという音。次に、何か布が裂けるようなびりびりとした音が、ここまで聞こえてくる。

一瞬の静寂。

ドンッという轟音《ごうおん》とともに、俺の寝ていた寝室の扉が、弾け飛ぶ。

歩み出てくる人影。そこには、びりびりに破けたリュックの部品だったものを、少し顔に張り付けたアクアが無表情でこちらを見ていた。

アクア再び

無言、無表情のまま、つかつかとこちらに歩いてくるアクア。
アレだれよ、と問うような視線をこちらに向けてくる江奈。
俺も江奈に、後で説明するから、という気持ちを込めて視線を返す。
その間に俺達の目の前まで来ているアクア。
両手を腰にあて、仁王立ちになり、目をすがめてこちらを見てくる。
「あー。アクアちゃん？」
俺の問いかけにも無言のアクア。
江奈からの視線を後頭部に感じる。
アクアは腰に当てていた右手を俺に向ける。
次の瞬間、ぬるんっと右腕が伸び、俺の後頭部間近まで拳がくる。
「うわっ」
思わずのけ反る俺。
飛び出し、俺を狙っていた芋虫状の敵がアクアのその右手に鷲摑《わしづか》みにされていた。
ぬるぬるとした動きで、伸びていたアクアの右腕が元の長さまで戻る。

ギリギリとアクアが右手を締め付ける。

キーキーと、甲高い悲鳴のような声が芋虫状の敵から発せられる。

仲間の危機を助けようとしたのか、もう一体の敵が、アクアの右手を狙い、影から飛び出し、襲いかかる。

二体目の敵に視線も向けず、左手で掴みとるアクア。

読心のできるアクアには、攻撃の軌道が単純な今回の敵は楽勝の様子だった。

そのまま、ふんっという鼻息とともに、一瞬膨れ上がるアクアの両腕。

次の瞬間、敵は二体ともアクアの手の中で握り潰され、その体液が周囲に飛び散る。

不思議なことに、飛び散った体液や肉片が黒い粒子となり集まり始める。

俺は装備品になるのかとも思ったが、二体分の肉片がともに粒子になっている。

それらはそれぞれ一つにまとまりかけ、カードの形状になる。しかし、カードとして顕在しかけた所で、二枚ともパリンっと割れるような音とともに、消滅してしまった。

そこで、ようやくアクアが口を開く。

「こんな寄生虫ごときで喚ばれるとか迷惑なの。もう少しクチキも精進するの」

そう言うと、アクアの姿もぐにゃぐにゃと変形していき、縮みだす。

そして、あっという間に、そこには一枚の蒼色のカードだけが残されていた。

俺は念のためステータスが開かないことだけ確認すると、カードを拾う。

「あー、やっぱり動きが止まると脆《もろ》いね。しかし、寄生タイプの敵だったみたいだね。さすが江奈さんの勘は当たるねー」

俺はチラチラ江奈の様子をうかがって、恐る恐る話しかける。

「まずは、山村夫妻の様子を確認にいくわ。でも、その後で、じっくりと彼女が誰なのか、話を聞かせていただきたいわ」

なぜか敬語の江奈。俺の返事を待たずに、そのまま一階に向かい階段を下りていってしまった。

その後、山村夫妻の無事はすぐに確認できた。

俺は廊下等、諸々壊してしまったことを、詫《わ》びる。保険に入っているから大丈夫とのこと。ただ、『ダンジョンに潜り隊』のＨＰに明日以降、会敵と撃破の報告をお願いされた。それで保険の審査の資料になるらしい。

その後、江奈と山村夫妻で、先ほどの芋虫型のモンスターの相談が始まる。あのモンスターは、近隣のダンジョンから流れてきたのではないかという江奈の予想。まだ、ダンジョンの領域はここまで広がっていないが、このままだとどうなるかわからないから、避難も視野にと、江奈が山村夫妻へ話しかけている。

山村夫妻も、元ガンスリンガーとしての矜持《きょうじ》もあり、避難を渋る様子。だが、それでもモンスターが居たのに寝続けていたことには、気落ちしているように見えた。

江奈はその後も、なにやらしきりに話しかけている。

俺はその間に、そろそろと後ろに下がる。ゆっくりと部屋に戻ろうとする。

後ろを向いて階段に向かい一歩踏み出すと、ガシッと肩を掴まれる。

振り返ると、笑顔で俺の肩を摑む江奈と視線が合う。

「さて、色々聞かせてもらえますかね」

江奈の敬語に、俺は視線をキョロキョロさせる。いつの間にか山村夫妻は寝室に戻ったのか、いない。

「ですよねー」

俺は無理矢理笑顔を作って江奈に答える。

こうして長い夜が始まった。

本山へ

俺は今にも閉じそうになる瞼《まぶた》を必死に開けながら、ガタガタと揺れ続けるサイドカーの上で必死に体を押さえている。

一度、あまりの眠さにうとうとしてしまった時に、一際大きな段差で体が跳ね上がり、そのままあわや落下という事態に。食い込むシートベルトのおかげで事なきを得たが、すっかりアザになってしまった。

あの時のアザの痛みで、何とか睡魔と戦い続けている。

この、長く厳しい戦いも、ようやく今日で終わるはずだ。

高度も上がり、酸素が薄くなってきた空気の中、最後の試練とばかりに俺は気合いを入れる。

眠気ざましに、本日何度目かもわからない景色を眺める。道の片側、リアカーのすぐ横は崖になっている。

始めのうちは恐怖を感じたこの景色も、慣れとは恐ろしいもの。ここ数日で眠気ざましにもならなくなってきた。

思いは自然と数日前の襲撃へと移る。結局、敵の正体は不明だった。スマホで調べても該当するようなモンスターの情報は皆無。多分、あのペンションの最寄りのダンジョン産のモンスターだとは思うんだが。そして、装備品化しなかったことを考えても、何かあると考えるのが普通だろう。

俺はアクアが握りつぶした死骸が、粒子のようになった場面を見て、最初はてっきり装備品になるとばかり思った。

それもそもそも、俺が倒していないから勘違いだったのだが。しかし、確かに粒子のようになり、なにやら四角い形状を取りかけたように見えたのだ。まるで、アクアのモンスターカードのような……。

俺がそこまで考えたちょうどその時、一層激しい揺れとともに一気に視界が開ける。

これまでひたすら登り続けてきた道。

その道が大きく曲がり、下り始めた。

そのまま、切通《きりどお》しのような、左右切り立った崖の間の底にある道を俺達を乗せたバイクが、エンジン音を響かせ下っていく。

続いた登りで青息吐息だったエンジン音も久しぶりの下りで調子を取り戻したのか軽快に響く。

俺は久しぶりの目新しい景色にキョロキョロする。その時には先程まで考えていたことはすっかり頭のすみに押しやられていた。

V字に広がった切通しは、左右の壁は近いが、上が広くあまり圧迫感を感じさせない。

江奈の声がエンジン音に交じって響く。

「ここを抜けたら本山よ！」

その声が合図というわけではないが、ちょうど切通しを抜ける。

開ける視界。

そこには一際大きな岩の門があった。

巨大な扉。金属でできているであろうそれは、鈍く輝き武骨な偉容を放っている。その周りの縁取りはまるでダンジョンの入り口のような形状をしており、扉とちぐはぐな不思議な印象を受ける。

「江奈さん、これって……」

江奈が振り返り答える。

「ええ、ダンジョンよ。ガンスリンガーの聖地にして修練場。最古のガンスリンガーが生まれた地であり、魔法銃の最大の産地。数多《あまた》あるガンスリンガーの流派すべての本山たるダンジョン。ようこそ、『焔《ほのお》の調べの断絶』へ」

焔の街

俺達は扉の前まで来るとバイクを降りる。俺はバイクを押して、ダンジョン『焔の調べの断絶』の金属の扉に向かう江奈のあとを追う。

いつも俺が潜っているダンジョンの数倍の大きさの入り口。それすべてを覆う金属の扉はそれだけで威圧感があった。

昔受けた講習をなぜか思い出す。ダンジョンの入り口の大きさは、ダンジョン自体の大きさに比例すると信じられていますがそれは迷信です、という講師の声が甦る。

これだけの偉容。多くの人が、どうしたって中のダンジョンも大きいと思ってしまうだろう。

すたすたと軽快に進む江奈。

いつもより軽やかな足取りから、江奈の機嫌が良いことがなんとなく伝わってくる。

江奈は迷うことなく、扉に作りつけられた人間用とおぼしき扉に近づく。結構な人が列を作っている。ダンジョンの出入り口では見慣れた風景に、俺はどこか安心する。

(意外とガンスリンガー以外の装備の人もいるな)

キョロキョロする俺の順番もすぐにくる。俺達はそのまま扉を開けて中へ入っていく。

(門番とか、記録係は特に居ないのか？)

その瞬間、俺は誰かの視線を感じる。ビクッとして、思わず辺りを見回す俺。そんな俺の様子を見て江奈が声をかける。

「気にしなくて大丈夫。さあ、進むわよ」

俺は江奈がそう言うならと肩をすくめ、中に一歩踏み込む。すぐに、ガヤガヤとした喧騒に包まれる。

目の前に、街が広がっていた。

「大きい……」

入り口すぐが小高い丘のようになっており、ダンジョンの中に作られた街が一望できる。

そこは、これまで見たどんな街とも異なる様相を示していた。

ダンジョンの床一面を家屋や店舗とおぼしき建物が占め、それでも足りないとばかりに、ダンジョンの壁にもびっしりと建物が張り付くように建てられている。

のんびりと目の前を行き交う人々。ちらほらと外国の人の姿も見える。

ダンジョンの中とは思えないそのゆったりとした動きは、しかしよくよく見れば、皆が手練《てだ》れのように見えてくる。ガンスリンガー独特の歩行法なのだろう。その歩みは、江奈の歩き方と通じるものを感じさせる。

歩きながらの射撃を想定した重心の上下の少ないその歩みは、一見優雅に見え、そのせいで街行く人々の動きがゆったりしているように錯覚させられる。

そこかしこに、銃を携帯していない者や、時には子供の姿も見える。

江奈がすたすたと先に歩いているので、俺も急ぎ追いかける。

「どうだ、焔の街は？　良い所でしょう？」

俺が追い付くと江奈がそう訊いてくる。

「ああ、色々と驚きがいっぱいだ。ところで、焔の街の由来はダンジョンの名前だよな？　そもそもの『焔の調べの断絶』の由来は何なの？」

「ここじゃあ火が使えないの。このダンジョンの特性ね。それで、火薬の銃は不発になる。まあ、魔法銃の産出が多いのと関係しているんだと思う」

「なるほど、それでか。でも、それじゃあ生活がめんどくさそうだね」

「昔は確かに調理も加熱の魔道具を使っていたらしい。でも今はほとんどオール電化よ。不便なんてないわ」

江奈はそういえばと言った顔でこちらを見る。

「朽木は聞いてるかしら？　私達のいつも潜ってるダンジョン『J12』も正式に名称が決まったらしいわ」

「へぇー。ついに番号呼び卒業か。めでたいね」

「他人事みたいに言ってるけど、朽木の報告を元に命名されたらしいわよ」

「あっ、そうなんだ」

俺はなんだか恥ずかしくて、でも少し嬉しい複雑な気持ちになる。不慮の事故とは言え、最深部まで踏破したのだ。ちょっとズルしたのが後ろめたいような、誇らしいような不思議な感じだ。もちろん、諸々の事情があって一部の人間しか知らないことなので大っぴらにはできないのだが。

「それで、なんという名前になったんだ？」

「『逆巻く蒼き螺旋』だそうよ」

「あー」

俺は最深部にいたスライムや羽付きトカゲのブレスを思い出して少し顔をしかめる。

「まあ、妥当な名前かもね」

俺達が喋《しゃべ》りながら歩いている横を、電動自転車らしきものが何台も通りすぎていく。

どうやら本当に電気の街らしい。

「さあ、ついた。ここが師匠の家よ」

そうして歩いている間に、目的地に到着したらしい。目の前には周囲と比べて一際大きく立派なお屋敷《やしき》と呼ぶような建物が鎮座していた。


その建物、もう館と呼んでも遜色ない立派な構えなのだが、どこかしら暗いとも違う、ゾワゾワとした雰囲気をたたえていた。

江奈は、そんな館に軽い足取りで近づくと、勝手知った様子で鍵を開けて中へと入っていく。

すぐあとに続く俺。

入り口を入ると、吹き抜けのホール。

そこかしこに見られるオリエンタルな雰囲気は館の主人の趣味なのか、芸術的センスなど皆無の俺にも、不思議な感傷を呼び起こす。

「ただいま帰還しましたっ」

江奈の普段よりも一段明るい声が、館に不釣り合いに響く。

「はいはい。江奈か、おかえり」

流暢《りゅうちょう》な日本語を話しながら、杖《つえ》をついた初老の女性がホールの階段を下りてくる。背筋の伸びた、静かな威厳さえ醸し出している女性。

「師匠ーっ」

勢いよく階段を駆け上がり、その初老の女性に抱きつく江奈。

(あの江奈が、子供みたいだ……)

俺はそんな江奈の様子に驚きの視線を向ける。

江奈に抱きつかれた初老の女性も顔をわずかに綻ばせている。そうすると、巌《いわお》のような厳しさが一気に払拭され、二人の間に確かに存在する絆《きずな》が、目に見えるようだった。

「ほら、江奈がわざわざここまで連れてきたんだ。大事なお客様なんだろ。放りっぱなしにしてないで、早く紹介しておくれ」

初老の女性が抱きついたままの江奈に促す。

「はい、師匠」

抱きつくのを止めた江奈が初老の女性の手を取り、ともに階段を下ってくる。

(どうやら右足が悪いみたいだな)

姿勢を正して待ち受ける俺。

階段を下りきり、こちらを向く江奈。

「師匠、こちらは朽木竜胆。私の……まあ、その、友人です」

後半早口になって俺を紹介する江奈。俺が江奈の顔色をうかがうとなぜか目が合い、軽く睨まれる。そのあと、恭しげに江奈は初老の女性の方を手で示し口を開く。

「朽木、こちらが私の師匠にして、ガンスリンガーを統括する九人のナインマズルの二位一射絶魂《ワンショットアセンション》のマスター・オリーブハイブ」

江奈のマスター・オリーブハイブを紹介するその声は、どこか誇らしげだった。

「そんな大したもんじゃないよ。年取って肩書きが増えただけさ」

飄々《ひょうひょう》と答えるマスター・オリーブハイブ。

その差し出された右手にたいし、俺も急いで右手を差し出す。優しく、しかし力強く、マスター・オリーブハイブは握手をしてくる。

「良い手だ。だが、少しダンジョンに心を喰われてるね」

そんな呟きが聞こえたと思った瞬間、急に手首を返してくるマスター・オリーブハイブ。

杖がひらりとまるで風のように薙《な》ぎ払《はら》われる。

俺はまるで合気道の小手返しをかけられたかのような、不思議な飛翔《ひしょう》感を伴う感覚に襲われる。

それは、ふわりとした感覚。

気がついた時には反転する天地。

次の瞬間、すべての動きが急にゆっくり流れ始める。

（ああ、彼女は強敵だ。ダンジョン最深部で巨大なスライムと遭遇した時と同じ。そう、頭の中のギアが一段上がった感覚だ。俺の体は、無意識に、強者の気配を感じていたのか）

俺はゆっくりと流れる時間のなか、のんびりと重力軽減操作をかける。ついでにもう一つ、スキルを発動させておく。

反転した視界の中、江奈が苦笑している顔がマスター・オリーブハイブ越しに見える。

（江奈さん、絶対面白がってるよ、あの顔は。後で、通過儀礼だったとか言うんだろうな）

すべてが緩やかに動く世界。俺はこまめに重力軽減操作を体の各部に使い、マスター・オリーブハイブの意図する軌道から、自身の重心をずらしていく。

（この、世界の速度を置き去りにした状態。ダンジョンコックローチを潰していた時の感覚の先にあったこの感覚。前は極限状態で、起きた。スライム戦を経験したことで、起きやすくなったのかな？　それに、意識下のどこか、そう、本能に根差す部分で俺は目の前の相手が、同じくらいの生命の脅威だと認識して強制的に、スイッチが入ったのかな）

そう思い、体をゆっくり空中で捻《ひね》りつつ蹴りを繰り出しながら、マスター・オリーブハイブをまじまじと見る。

（……わからないな。ただ、ゾワゾワする）

俺の繰り出した蹴りは軽くマスター・オリーブハイブの操る杖に搦め捕られる。一気に膨れ上がるマスター・オリーブハイブの戦意の気配。

（ああ、この建物見た最初のゾワゾワした感じは、マスター・オリーブハイブの殺気か）

ようやく発動する、飛行スキル。

（重力軽減操作と同時に使ってこのタイムラグはなかなか致命的だよね）

飛行スキルで一気に離脱した俺。俺の頭が直前まであった場所を、強烈な死の気配をまとった何かが、突き抜けるように通りすぎた。

クイックドロウ

マスター・オリーブハイブの右手には、抜き放たれた魔法銃。そのマズルからは魔法弾の光の粒子の残りが、たなびく煙のように飛散していた。

俺を狙った必殺の一撃は、早撃ちされた魔法弾だったようだ。

(俺の、脳のギアの一段速くなった認知速度よりも速い、早撃ちって……。運良く飛行スキルを発動していたけど、避けられたのはただラッキーだっただけだな、こりゃ)

俺は飛行スキルで天井に張り付いたまま、マスタークラスの驚異的な実力の一端を目の当たりにして、おののいていた。

マスター・オリーブハイブは右手の魔法銃をくるくる回して光の粒子を散らすと、そのままホルスターに戻す。

すると魔法銃はホルスターごと、まるで透明になったかのように消《き》え失《う》せる。

俺はその様子に目を疑う。

(消えた!　ホルスターにしまうと消えるのか?　不可視の魔法銃とか、恐ろしすぎる……。技の出が完全にわからないじゃん)

俺が、ブルッと震えていると、マスター・オリーブハイブが声をかけてくる。

「いい反応速度だ。久しぶりだよ、初撃をかわされたのは。さすが江奈の連れてきた人だね。歓迎しよう、ようこそ、焰の街へ」

俺はどうやら攻撃は終わりかと、恐る恐る天井を離れる。

ゆっくり床に降り立つ。今になって思うと、スキルを二つも使って見せてしまったが、特に言及されることもなかった。

「全く、肝が冷えましたよ。そして、江奈さん、笑いすぎ」

俺は後半部分をマスター・オリーブハイブの後ろでさっきからずっとニヤニヤしている江奈に向かって言う。

無言で、そっぽを向く江奈。

マスター・オリーブハイブが答える。

「謝りはしないよ。かわりにお茶でもご馳走しよう。二人とも、こちらにおいで」

マスター・オリーブハイブも、俺の愚痴みたいな言葉にニヤリと笑うと、右足が悪いとは思えない速度ですたすたと階段を上っていった。その笑顔は、江奈のものと瓜二つ《うりふた》であった。

(さすが師弟、笑い方が似てる。そして、足が悪いのはブラフかな?)

江奈が階段に駆け上がって手を引いて下りてきたのも演技だったのかと、ジト目で江奈を見る。

江奈は軽くスルーすると、無言で階段を上がるよう促してくる。俺は江奈に続いて階段を上がる。

しばらく進むと、中庭を望むテラスのような場所に出た。

誰もいないテラスには、椅子とテーブルが設置されている。

勝手知った様子で、江奈は席につく。

俺も、おずおずと席につく。

しばらくして、マスター・オリーブハイブ自ら、お茶のセットの載ったカートを押してテラスに入ってくる。

パッと立ち上がった江奈が手伝い始める。

俺も立ち上がりかけるが、マスター・オリーブハイブに目線で座っているように促され、しぶしぶ腰を下ろす。

二人が話しながら準備をする様子を、見るとはなしに眺めながら座っている俺。

「師匠、またお手伝いさん辞めさせたんですか？」

「ふん、身の回りのことなら自分でできるからね。すべてが修練さ」

「変わらないですね」

「お茶、江奈がいれてみるかい？」

「えっ、いいんですか？」

喜色に染まる江奈の顔。

「ああ、腕を上げたんだろ」

「えへへ」

何が嬉しいのか、綻んだ顔を引き締め、江奈がお茶をいれ始める。日本茶とは違う作法でいれられるお茶。江奈の動きは非常に流麗で、淀《よど》みなく一つ一つの動作が次へと繋がっていく。まるで舞か、巧みな格闘術のようなその動きに俺が魅了されている間に、マスター・オリーブハイブはお茶菓子のような甘そうなものをテーブルに並べていく。

浅めの茶器に半分ほどいれられたお茶が俺の目の前に差し出される。

香りが柔らかい。

すべての準備が終わったのか、そのままお茶会が始まる。

マスター・オリーブハイブがお茶を飲んで一言。

「うん、よく調和が取れている。腕を上げたね」

江奈が顔を赤らめ、嬉しそうに目を伏せる。

その後は基本的には江奈とマスター・オリーブハイブが互いに近況報告をしながら、たまに江奈が俺にも話をふってくる。

そうしてお茶も無くなってきた頃、本題とばかりに、居住まいを正した江奈がマスター・オリーブハイブに切り出した。

「師匠、見てもらいたい銃があるんです」

江奈が無言で俺のことを肘でつついてくる。

俺は荷物から引き金のない銃を取り出すと、そっとマスター・オリーブハイブの目の前に置く。

無言で、引き金のない銃を見つめるマスター・オリーブハイブ。

そっと右手をかざし、銃身に触れるかどうかの距離でゆっくりと手を添わせるように動かす。

そのまま手を引っ込めるマスター・オリーブハイブ。

「このことは？」

マスター・オリーブハイブはまず、江奈に向かって確認するように問う。

「まだ、誰にも」

言葉少なに答える江奈。

俺に向き直って、真剣な眼差《まなざ》しを寄越してくるマスター・オリーブハイブ。わずかな間。瞼を一度伏せ、しかしおもむろに話し出す。

「これは、インテリジェンスウェポンだと思う。かつて、似たようなものを一度だけ、見たことがあるよ。それと同じ気配がする」

「インテリジェンスウェポン……ですか。あの、実はこれ、最初見つけた時は本だったんです。それが、表紙にある石の刻印に触れたら、イドを吸い取られる感覚がして。気がついたらこの形状に。それで、できたら本の形に戻したいんです」

俺は、マスター・オリーブハイブに答える。本の中身が、後から思い返せば思い返すほど、気になって仕方なかった。

何か、大切な情報が載っているという予感がして、仕方ない。

「ふむ……」

マスター・オリーブハイブは目を瞑《つぶ》り、何か考えている様子。

ゆっくりと目を開けると、静かに語り出す。

「まずは、インテリジェンスウェポンの説明からしようかね。その名の通り、まるで知性があるかのような振る舞いをする武器のことだ。と言っても、実際に話したりするわけではない。この銃は、所有者を決めているみたいだね。それ自体は特異な武具にはままあることなんだが……。所有者のイドを吸って変形するなら、インテリジェンスウェポンで間違いないね。ただね……」

一度お茶を飲むマスター・オリーブハイブ。

「ただ……なんですか？」と俺。

「その本の形の時、石の刻印に触れたと言ったね。それはここの石と同じものかね？」

マスター・オリーブハイブは引き金のない銃に付いている石を指差して問う。

「同じ、だと思います」

「とすると……もしかしたら……」

そのまま悩み始めるマスター・オリーブハイブ。

「いや。今はとりあえず本の形状に戻したいんだったね」

何かを振りきるようにゆっくりと首を振ると話を続けるマスター・オリーブハイブ。

「それには、完全にこの銃を従える必要がある。そうすれば、朽木さんの意思に従って自由に本と銃と形を変えてくれるだろう」

「従える、ですか」

俺は考え込むように呟く。

「そう。ただ問題は何をもってこの銃に主人と認めさせるか、だね。何せ、ほとんど前例が無いからね」

そこで江奈が口を挟む。

「師匠、師匠は前に一度インテリジェンスウェポンを見たことがあるって。それはどんな武器だったんですか？」

「そうさね、あれは悲惨な結果になってね。皆、あまり話したがらないから、江奈ぐらいの世代のガンスリンガーは知らないかもね。かつて、ダンジョンの宝箱から姿を変えられる銃を手にいれた男が居たのさ。それは美しい銃だった。気品と力に溢れていてね。手にした男も、一発でその銃に惚《ほ》れ込《こ》んでしまってね。でも、いつからか、男はその銃にとりつかれたみたいになってしまってね。色々あったんだけど最終的には手遅れになってしまったのさ」

遠い目をするマスター・オリーブハイブ。その瞳には過去の映像が映っているかのようだった。

顔を見合わせる俺と江奈。

江奈の目が細められる。

しぶしぶ切り出す俺。

「それで、どうなったんです？」

「ああ、男は人が変わったようになってしまってね。ついに錯乱したように銃を乱射し始めて。幾人も犠牲が出て、最後には男も撃ち殺されてしまったよ」

「どうして、そんなことに？」

江奈の声も暗い。

「はっきりとしたことは何も。そのインテリジェンスウェポンも男が死ぬと、失われてしまったのさ。どうして男がそんなことになってしまったのかは、完全に闇の中さね」

重たい空気がテラスを包む。

「一つ言えるのは、男は銃を制御しきれなかったんじゃないかと思っている。そういう意味では、まずは手始めにガンスリンガーの修練をしてみるかい？　朽木さん、ダンジョン産の、特別な武具を使っているだろ。どちらにしても修練をした方がいい。江奈もそう思ったから朽木さんをここまで連れてきたんだろ？」

「え……。どういうことです？」

俺は江奈とマスター・オリーブハイブを交互にキョロキョロ見てしまう。内心では、自分の特異な装備品化スキルのことをどうして知っているのかと、心臓がばくばくしていた。

修練

マスター・オリーブハイブはまた一口、お茶を口に含むと、再び話し始める。

「朽木さんも、ダンジョンの因子のことは知っているだろう。冒険者ならば、誰しも教えられることだからね。それで、朽木さんは実際にはどこにあってどんな形をしていると思うかね？」

俺はドキドキしたまま、ゆっくりと答える。

「モンスターが持っていますよね？　形は、魔石とか？」

マスター・オリーブハイブは軽く頷き、話し続ける。

「まあ、実際にそれがどんなものかは誰にもわかってないんだがね。我々ガンスリンガー達は、それは一つの穴のような物だと考えている。モンスターの存在自体が、この世界に開いた穴なんじゃないかとね。そして、魔法銃を持つものは、その穴は小さいながらもダンジョンの特別な武具、この場合は自分の愛銃にも宿っていると感じているのさ」

そういって、マスター・オリーブハイブはそっと自身の膝の上を優しく撫でる。どうやら見えないマスター・オリーブハイブの魔法銃を撫でているようだ。

「もちろん、ごくわずかな物だから、ステータスを開いたり、スキルを使ったりすることはできないのだけどね。でも、魔法銃を使うガンスリンガーは、人一倍ダンジョンの因子に敏感になっていくんだよ」

俺は、その言葉を聞いて、いくつか得心がいった。ここに来る途中の宿で、どうして江奈があんなに素早くモンスターの存在に気がついたのかちょっと不思議だったのだ。

そのまま俺はマスター・オリーブハイブに聞いてみる。

「それで、初めて握手した時に、喰われているって言ったのは……」

「そう、朽木さんはダンジョンの因子の気配がしたからね。でも、その引き金のない銃はまだ、使えていないようだし。それで別のダンジョン産の特別な武具を使っていると考えたのさ。真のガンスリンガーの修練は、ダンジョンの因子の侵食に対抗する物になる。江奈も朽木さんの気配の変化に気がついて心配してたんだろ」

俺は、そこまで聞いて、自分の装備品化のスキルのことがバレたわけではないと知って、そっと胸を撫《な》で下《お》ろした。

「江奈さん、そんなに心配してくれてたんだ……。ありがとう」

「ふん」

照れた様子の江奈に、俺とマスター・オリーブハイブは微笑《ほほえ》ましげに笑う。

その間にも俺は思考を続ける。

（ダンジョンの因子の侵食って、多分、精神汚染率のことかな。俺はステータス画面で見られるけど、もしかしたらそれもどれかのスキルの影響……。まあ、十中八九、鑑定っぽい。時間経過で減少するって感じだけど、ガンスリンガーの修練で意識的に減らせるならありがたいな。……やって

みるか、修練）

俺は居住まいを正してマスター・オリーブハイブに向き直る。

ゆっくり頭を下げながら、決意を込めて、宣言する。

「マスター・オリーブハイブ、いえ、師匠。よろしくご教授のほど、お願いいたします」

「はいよ。それじゃあこれからは弟子として扱うからね。名前も竜胆と呼び捨てにする。江奈は竜胆の姉弟子になる。最初は任せるからね、江奈」

「はい、師匠。はじめはピクニックからね」

無言で頷く師匠。

俺は、ピクニックという和やかな単語がなぜか空恐ろしく聞こえてきた。

そして翌日、俺と江奈は、ピクニックに来ていた。

場所はダンジョンの外、俺達がバイクで登ってきた山道のさらに山側の奥。

焔の街の入り口から脇にそれて、一時間ほど歩いた場所である。

持ち物は装備品以外は、水筒に水と、携帯食だけ。

目の前には、岩と白い花がぽつりぽつりと咲き広がっている。多分、鉱山植物なのだろうが、名前はわからない。

「美しい景色だね？」

俺は何か裏があるんだろうなと恐る恐る、江奈に声をかける。

「そうね。それじゃあ、さっそく説明するわね」

そういって、江奈は花畑の先、山の中腹に見える大きな岩を指差す。

「あの大きな岩が見える？　あれが中岩。あの中岩まで行って、ここまで帰ってきて。途中、植物に触れたらやり直し」

俺は中岩と言われた場所を仰ぎ見る。だいぶ遠そうだけど、何とか行けそうかなと思った俺の気持ちを読み取ったのか、江奈が被せぎみに言い足す。

「一日十往復できたら合格だから。日の出てる間ね。それじゃあ頑張って」

「じゅ、十っ！」

ぽかんとする俺を置いて、そのまま江奈は立ち去ってしまった。

オドの活力

「ハァ、ハァ、ハァッ」

荒い息を繰り返しながら、俺は中岩の隣で目の前の夕日を眺めている。

江奈が帰った後、始めてみた『ピクニック』だが、想像以上に、辛い。

中岩に来ること、これで三回目。早朝に焔の街を出発して、もう、夕方になる。

途中から息切れしてペースが落ちたことは確かだが、十往復しろとはとんでもないにも程がある。

俺は日が完全に沈む前に、今日はもう帰ることにした。

「これ、無理ゲーすぎだろ……」

翌朝、俺は日の出前に焔の街を出発する。

日の光はないが、稜線《りょうせん》越しに朝焼けが辺りを照らし、視界には困らない。

「問題はこの筋肉痛だな」

昨日一日中、登り下りしていたから、当然足から始まり、全身筋肉痛だ。ガクガクしながら、スタート地点に向かう。

「さて、『ピクニック』してきますか……」

見上げる空が茜色《あかねいろ》に染まってきた。

筋肉痛の体を無理して続けた『ピクニック』だが、今日は散々な結果で終わった。

今いるのは、二度目のスタート地点。重たい体を大の字に広げ、空を見上げている所だ。

「ハァー。昨日よりも辛い。しかも、さっきよろけて花を踏んじゃったからな。これで一回分はノーカウントなんだろう。ここまでしか行ってないと、関係ないけど」

俺は荒い息を整えつつ、ぼーっと空を見上げ続ける。

「……帰るか」

翌日も、その翌日も俺はひたすら『ピクニック』に挑戦し続ける。最初はひたすら筋肉痛との戦いであった。

朝起きて、ひたすら登り下りを繰り返す日々。

しかし、それも十日を過ぎる頃には慣れてくる。もともと、単純作業を続けるのはそこまで苦にならない。

(ひたすらGを拾っていたのに比べればこれぐらいは……。師匠達が何を考えてやらされてるかはわからないけど、何かあるんだろうな)

そんなことを考える余裕が出てくるまでにはなってきた。

「よし、六回目！」

俺は中岩で夕日に向かって叫んでいた。最近は、すっかり筋肉痛に悩まされることもなくなっていた。登り下りするルートも最適な物は発見済み。同じそのルートを何十回と通ったから、草木の位置は一つ一つすべて頭に叩き込んである。

ほぼ駆け足で一日登り下りした体は汗ですごいことになっている。俺は手早く携帯している食料と水分を摂取すると、帰路につくことにした。

焔の街への帰り道、俺はふと思った。

（あれ、これ以上、無理じゃね？　俺、今でも最短ルートをほぼ駆け通しだよね？）

翌朝、俺は『ピクニック』のスタート地点についた所で、考え込んでいた。一晩考えたが、やっぱりこれ以上速くするのは無理という結論に至った。走り続けていれば少しずつ速くはなっていくだろうけど、今より一・五倍以上速くなるのは。無理。

「これが、ダンジョンの中なら楽勝なんだが」

オドの強化があるダンジョンであれば、初日の状態でも楽に十往復以上行けただろう。

俺は背後のダンジョンを振り返りながら呟く。

「いっそ、モンスターでも生け捕りにして担いで……」

俺はそこまで考えて急いで口を閉じる。

モンスターのダンジョンからの流出はもっとも阻止すべき事態だと初心者の講習で叩き込まれた

のを思い出す。

「この前の宿で出たみたいにモンスターがひょっこり出てくる……何てことはないだろうしな」

俺は何気なくポケットに手を突っ込む。

指先に硬いものが触れる。

取り出すとアクアのモンスターカードだった。

「ああ、リュックが破れたからここに入れていたか」

俺は再びポケットにしまおうとして、ふと、動きを止める。

「そういや、何でアクアはダンジョンの因子を持ってないんだろ？　改めて考えてみると本当によくわからないよな。師匠はダンジョンの因子は、穴だーって言ってたけど。俺の中にもあるって言ってたよな。少なすぎて、ステータス開いたり、スキルを使ったりはできないけどって。あれ聞いた時は、てっきり精神汚染率のことかと思った……」

俺はアクアのモンスターカードを眺めながら独り言を呟く。

「穴か。穴ねー」

俺は自分の中に穴があいている様子を想像してみる。

「穴って言うとどうしてもイド・エキスカベータのことを想像しちゃうけど、あれは全くの別物だよね」

どうしても穴と言われてもピンと来ない。

俺はいつしか、ダンジョンに潜っている時と、今とを無意識のうちに比べ始めていた。

「ダンジョンの中と外、何かが違うのはわかる。何時間もダンジョンに籠りっぱなしの生活を伊達に続けてないしな。そして、きっと俺の中にダンジョンの因子を感じるって言う師匠の言葉も正しい気がする」

俺は、いつしかあぐらをかいて座り込み、ウンウン唸《うな》っていた。

「こう、何て言うのか……。ズレ？　うん、そう、ズレている感じなんだよね。ズレ」

俺は言語化したことで、少し気分がすっきりする。

「ズレ、だね。なんだ、そうだよ、ズレてる所を探せばいいんだ」

俺は自分自身に意識を向けてみる。そして、すぐに気がつく。気がついてしまう。

「ああ、魂がズレてるのか。そうかそうか、魂変容か。それが答えだったんだ」

俺は相変わらず手に持ったままのアクアのカードに話しかけるように呟く。

なぜか理解できた。

どうやら俺は無意識のうちに、目をそらしていたらしい。

そりゃそうだ。

自分がモンスターと同じになりかけているなんて、誰も考えたくもないだろう。

俺は本能で理解した方法で、そっとダンジョンの因子を発動する。

体に、オドの活力が満ちるのを感じた。

ツボの間

俺はピクニックをクリアし、焔の街に戻ってきた。

確かにコツは摑んだが、ダンジョンの因子の発動を安定させるのは、想像以上に難しかった。

どうやら、この世界という奴は空間の歪みが非連続体として広がっている雰囲気なのだ。それが移動しながらだと、でこぼこしている感覚になって感じられるみたいで。

だから、うまーく、そのでこぼこにダンジョンの因子による世界のズレを合わせないといけない。失敗するとあっという間に通常空間に戻って、オドが霧散してしまう。

ただ、その空間の歪みは場所固定のようなので、何度も中岩とスタート地点を往復するうちに、段々と歪みパターンが体に染み付いてきた。最後の方は無意識でダンジョンの因子を発動させながら、踏破することができるようになっていた。

気がつけば、この地に来て一月以上が経っている。

俺は感慨深いものを感じながら、師匠の目の前に立つ。

俺を一瞥《いちべつ》して師匠が口を開く。

「ふん、どうやら準備できたみたいだね。ついといで」

歩き出す師匠。

（えっ、それだけ⁉）

俺はこの数週間の頑張りが軽く流され少しショックを受けながら、仕方なく師匠の後についていくことにした。

師匠の家を出て、十数分。焔の街からも出て、ダンジョン中の第一層の枝道らしき所をひたすら進む。

急に開ける視界。

そこには祭壇のようなしつらえの小さな広場があった。

俺がキョロキョロしているのに気がついたのだろう、師匠が口を開く。

「ここはツボの間だ。ここで次の修練を執り行う」

「え？　あ、はい。よろしくお願いします？」

（こんな狭い所で何をするんだ？　確かに壺《つぼ》っぽいものはあるけど）

俺は祭壇にまつられている赤褐色のシンプルな壺を見ながら考える。広さは十畳くらいの広場。

狭くはないが、飛んだり跳ねたりは難しい。

俺が不思議に思っていると、師匠は懐から何やら草っぽいものを取り出し、千切りながらツボの中に入れている。

何をしているのかなーと思って見ていると、壺からブーンという低い音が鳴り出し、白い煙のようなものがゆっくりと溢れて床を這い広がっていく。

「このダンジョンは火が使えないからね。この壺は擬似的に薬草に熱を与えて、成分を揮発させる魔道具だ。さあ、竜胆。中央の紋様の上で横になり、おのがダンジョンの因子と向かい合うのだ」

師匠はそう言うと、床の真ん中に書かれた模様を指差した。

俺はよくわからないままにとりあえず言われた場所に横になる。

すぐに俺の周りを、壺から溢れた煙が取り巻く。わずかに、刺激臭のようなツンとした香りが鼻をさす。

「はい。横になりましたけど……」

「うむ、ダンジョンの因子を発動させよ」

俺はダンジョンの因子を発動させようとする。それにはダンジョンの外とは違った難しさがあった。この『焰の調べの断絶』ダンジョン特有の波長があるらしく、俺の中のダンジョンの因子を発動させようとすると干渉を受けるような感覚がある。

俺がうまく発動させられないでいるうちに、壺から溢れた煙が広場いっぱいに広がり、師匠の膝ぐらいまで溜まってきている。

つまり、寝転んだ俺の顔はすっかり煙に覆われてしまった。

「えっと、大丈夫ですか、これ。さっきから結構な刺激臭が……」

「大丈夫さ。中毒性は大したことない。それより集中しなさい」

「中毒性！　いやいや大丈夫じゃないでしょ、それっ！」

俺は思わず起き上がろうとするが、なんと体が動かない。

「……体が言うこときません」

俺はすっかり煙で覆われた視界の中、師匠の声のする方を無駄に睨みながら伝える。

「ふむ。そういう効能もある」

淡々と答える師匠。

「さあ、集中するんだ。己の中のダンジョンの因子と向き合い、克服し、支配せねば終わらないよ」

俺は諦めて再びダンジョンの因子を発動させようと試みる。なんだかめまいのような感覚も襲ってくる。

ゆっくりと回り始める世界。

師匠の声だけがその世界の中で響いていく。

「竜胆のダンジョンの因子を形作ったもの。その一つ一つと対面し打ち勝ちなさい。それが新たな力になり、ひいては引き金のないあの銃の、真の姿へと至るはず……」

回る回る世界。

ふと、周りのダンジョンの因子と自身のダンジョンの因子がピタリとはまるような感覚。

その記憶を最後に俺は意識の深い所へと沈んでいった。

気がつくと、俺は鏡張りの空間に立っていた。

辺りを見回すと、壁一面に張られた鏡に映った俺も同じようにしているのが目のはしに映る。

「あれ、この服装、どこかで……」

俺は鏡に映った自分の服をまじまじと見る。それはまだ俺がダンジョンで拾いをしていた頃の格好であった。

「あっ、でもGの革靴だけは履いているな」

その時、俺は背後に気配を感じる。目の前の鏡で確認するが、俺の姿しかない。

(ちがっ!)

俺はとっさに前に転がるように飛び、俺の後頭部を狙った蹴りを避ける。

そのまま振り向き様に、急ぎ立ち上がる。

目の前には、Gの革靴を履き、俺と全く同じ格好をした、もう一人の俺の姿があった。

鏡の間での対峙《たいじ》

(おいおいおい、いったいどういうことだ、この状況!)

俺は鏡張りの広間を右回りに回っていた。相対する相手の攻撃を避けながら、必死に状況を把握しようとしていた。

(目の前のって、どう見ても、俺だよな。お互い、武器は無しか。なんか鏡で見るより、不細工に見えるが……。まあ、そんなことはどうでもいい)

とりあえず決して認められない現実からは、軽く目をそらしておく。目の前の敵は、先ほどから絶え間なくパンチやキックを繰り出してきている。しかし、どれも動きが素人臭い。ボクシングの真似事《まねごと》程度にしか感じられないおかげで、かわすだけなら難なくできている状況だ。

(そもそも、ここはどこだよ。俺は確か、ダンジョンの因子を発動しようとして。その間に師匠に怪しい草の煙を吸わされていた……。そのまま、気絶したのか? そういや、最後の方で師匠が何か言っていたよな)

大振りをやめて、ローキック中心で攻めてくる目の前の敵。

ガードすると地味に痛い。

(いてて。そうだ、ダンジョンの因子に、一つ一つ勝ってこい的なことを言っていた。ということは、目の前の俺の姿をした奴はやっぱり敵だってことだよな。ここは夢とか意識の中とかそんな感じなのかな。まあ、それなら遠慮なくやらせてもらいますか）

覚悟を決めた俺は、反撃することに決める。一度覚悟してしまえばだいぶ気持ちも変わる。目の前の敵の動きに意識を集中する。

（俺はボクシングとかネカフェの漫画で読んだくらいの知識しかない。トレーニングもしたことないし。実際パンチしても、目の前の敵とどっこいどっこいだろう）

俺は相手の動きに合わせて、軽く踏み込みながら左手でジャブっぽく拳をくり出す。

目の前の敵も全く同じ動きでジャブを繰り出してくる。

予想していたのか、お互い頭をわずかに後ろに反らし、互いのジャブは空振りに終わる。

（やっぱりだ。この目の前の敵は俺と同等のステータスなんだろうな。だとすると……）

俺は再び踏み込みながら左手でジャブを放つ。今度は重力軽減操作のスキルを発動させ、左拳にかかる重力を減らす。

わずかに切れが良くなるジャブ。

敵は片手で俺のジャブをガードすると、ローキックを放ってくる。俺は、脛《すね》でガードする。接触の瞬間、衝撃が予想を下回ったことから、相手が重力軽減操作をするのがなんとなくわかる。

（いってー。敵も完全に同じ動きをするわけではない、みたいだな。そしてスキルを使っている）

壁の鏡に、くるくると互いに向き合いながらお互いの周りを回る俺達の姿が映る。

（さて、どうしたものか。決め手にかけるよなー。どうしても）

互いにパンチとキックの応酬。しかし、同じステータス、同じ条件で打ち合うそれは、互いの体力を同じだけ使って、同じようなダメージを蓄積させていく。互いに鈍り始める動き。

(何か、均衡を崩すものがないと……)

俺は徐々にぼろぼろになっていくお互いの姿を見ながら必死に考える。

(これは修練、なんだよな？　師匠も俺の準備ができた、みたいなことを言っていたし。だとすると、何か正解が必ずあると思うんだよね。何か、ヒントは無いものか)

俺はこれまでの師匠の言動や焔の街に来てからのことを洗いざらい思い返していく。

(ここにきてやったのはダンジョンの因子を感じることだけ……。うん？　待てよ。さっき、ダンジョンの因子を感じる時に自分のものだけじゃなく、この今いるダンジョンの因子も感じられたよな。ってことは……)

俺は目の前の敵に集中していた意識の幾ばくかをさいて、別の場所に集中してみる。そのままでは、特に何も感じられない。そこで、自分のダンジョンの因子をまず感じ、それを発動してみる。

一度、ダンジョンの中で発動できたおかげかスムーズに発動させられる。

もちろん、干渉があるのも感じられる。

俺はその干渉のうち、自分の足元から感じられるものに意識を集中させる。

「あ、これか！」

思わず声が出る。

その隙を狙って繰り出される、敵の右ストレート。危うくかわす。

（あっぶねー。気をそらしすぎた。でも、おかげでわかったぞ）

俺は自身のダンジョンの因子を操って、自分の足元のGの革靴の中の、ダンジョンの因子に意識を伸ばす。

（できた！）

その瞬間、隠されていたスキルの存在が自然と頭に浮かぶ。

まるで鑑定をしたかのような情報の逆流をわずかに感じる。本物の鑑定スキルの使い心地を知っている身からすれば大したことはない。

俺はローキックを繰り出した敵にそのままこちらからも踏み込む。俺の太ももに敵のローキックが浅くヒットする。

その接触の瞬間、スキル名を呟く。

「重力加重操作、発動」

ガクッと膝をつく敵。そのまま俺は敵の背後を取りに行く。

うまく動くことのできない敵の背後に易々と回り込む。

そのまま相手の首に腕をかけ、体重を使って背中側に引きずり倒すように、絞め落とし始める。

俺は自分自身にも重力加重操作のスキルを発動させる。

俺の全身に、一気に数倍の重力がかかる。

ボキッ。

腕の中で嫌な音が響いた。

装備品スキルの本領

俺は重力加重操作のスキルを解除し、ゆっくりと絞めていた腕をほどく。

崩れ落ちる俺の姿を模した敵。

完全に地面に倒れきる前に、その姿が黒い煙へと、ほどけるように変わっていく。

それは、まるで装備品化のスキルが発動したかのようなエフェクト。

しかし、装備品化の時のように煙が一つの姿に結実することはなく、その場で渦巻き始める。

くるくる、くるくる回る、黒い煙。それ自体が尋常ではない何かを感じさせる。

その渦巻く煙から一条の細い煙が分かれて、俺の足元へと向かってくる。

「おっと！」

思わず跳ねて避ける。しかし追いかけてくる煙。そのまま跳ねた先の俺の足、Ｇの革靴へと煙が吸い込まれていく。

革靴の黒光りする表面がゾワゾワッと波うったかと思えば、いきなりピカッと光を放つ。

思わず目を背けた俺。

放たれた光は魔法陣の姿を取ると、収束するように縮みながらＧの革靴へと吸い込まれていく。

魔法陣が収まり光が消えた後、足元をゆっくり覗きこむと、何やら革靴に刻印が刻まれている。

「これは、Gの絵かな？　……全体的にダサくないか、これ」

革靴の表面には、数匹のGの姿が、刻印される形で描かれていた。

あまりのセンスのなさに、久しぶりに装備品関係で脱力する俺。

その俺の目の前で相変わらず渦巻き続けていた黒い煙が人の姿を取り始める。

煙が腕になり、足になり、ついには完全に人の姿を取ると、徐々に色づいていく。それは今よりも若い、多分大学生くらいの頃の俺の姿だった。

その両手にはホッパーソードとカニさんミトン。足元には刻印されしGの革靴。

ふと自分自身の姿が鏡越しに目に入る。

俺も、目の前の敵と全く同じ格好をしていた。

「いつの間にか、俺まで若返ってるよ……。さすが不思議空間。まあ、意識の中とか夢の中なら、何でもありか」

敵を目の前にして、思わず呑気にそんなことを呟いているのも、目の前の敵がすぐには仕掛けてこないからだった。

(わざわざ呑気なことを言って隙っぽくしてみたけど仕掛けてこないか。様子見してる？　それとも？)

俺がよくよく様子を見てみると、何やら集中しているのはわかる。

「あ、ヤバい」

俺がそう呟いたのは決してフラグではなかったと信じたいが、ちょうどそのタイミングで、目の前の敵に変化が現れる。

「装備品のダンジョンの因子を探ってたのか！　で、スキルを解放したと。俺ができるようになったことはできるって設定、鬼畜すぎるでしょ……」

目の前の敵は多分、イド生体変化のスキルの方を解放したのだろう。

敵の体がぼきぼきと嫌な音を立てたかと思うと、まずその腕が急速に変化し始める。

ホッパーソードを持つ右腕が、手に持つホッパーソードを取り込みながら膨らみ始める。まるで腕全体が緑色の巨大な刃になったかと思うと、さらにそこから腕が三本に分裂していく。肉と肉の間から、粘液のようなドロリとしたものが滴り、新たに形成された刃を濡らす。

左腕もカニさんミトンを取り込み、まるで巨大ピンクキャンサーのハサミのように変化していく。

巨大な四本の腕を支えるように、腹を突き破り、何かがはえてくる。それは、新たに形成される二本の足。ぐにょぐにょと伸びたそれが現れると、そちらに重心を預けるように、敵は前傾姿勢になる。そして、腕以外の全身が膨らむように大きくなっていく。

元の俺の二倍ぐらいの身長になる敵。

そこには、歪なバランスの四本腕で、顔だけは俺のままの化け物がこちらを見下ろしていた。

思わずぶるっと震えながら、俺の口から愚痴がこぼれる。

「あー、これが江奈さんが心配していた、俺のバッドエンドの一つの可能性だったりするんだろうなぁ。はぁ、なんて修練だよ」

四つ手

目の前の四つ手、四つ足になった敵が、その刃と一体化した腕を振り上げ、襲いかかってくる。四本の足を一度折り畳むように力をためると、一気に跳ね上がる。その巨体からは信じられないほどの跳躍力。そのまま、叩きつけるように、振り上げた刃を振り下ろす敵。

迫りくる三条の剣撃。

俺はその三本の刃の隙間に潜り込む。ギリギリで半身になり、その攻撃を避け、そのまま、重力軽減操作をかけた右手のホッパーソードを振り上げる。

ガキン。

キチン質に金属を叩きつける、いつぞやも聞いた音が辺りに響く。

敵はその巨大な左手のハサミで俺のホッパーソードを易々と受け止めていた。

そのまま無造作に振り払われるハサミ。

俺は体ごと、大きく撥ね飛ばされてしまう。

とっさに全身に重力軽減操作を強めにかける。空気抵抗の恩恵に与《あずか》りながら、ふんわりと着地する俺。

「かってー。ピンクキャンサーが豆腐に思えるほど硬いわ」

俺は痺《しび》れた腕を軽く振りながら、呟く。

強敵を前にアドレナリンが一気にふきだす。

俺は極限まで軽くなるように、スキルを解放した重力軽減操作をさらに自身に上がけし、敵に向かって駆ける。

あまりに軽くなりすぎた体が浮き上がらないように、限界まで前傾姿勢を取る。

踏み出す一歩を突進力に変え、地を這うようにして敵に一気に近づく。

(これが本当の、体が羽のようだってやつかな)

そんな呑気なことを考えていた俺の接近に合わせ、四つ手の敵は俺めがけて、その刃を振るう。

横薙ぎ、袈裟《けさ》切り、唐竹割り。

三方向からの剣撃が時間差をつけて襲いかかってくる。

高速で流れる景色の中、自分の死に行く幻覚が見えたように感じた。

(かわしきれない!)

もっとも回避しにくいタイミングで向かってくる三条の剣撃。俺が死を意識したせいか、時の流れが一気にゆっくりと感じられるようになる。かつてスライムや師匠と戦った時と同じ境地。

その中で、自分が取るべき次の一手が、自然と理解できる。

右手に下げたホッパーソードに最大の重力加重操作をかけると、床に突き刺す。床を割り、めり込んでいくホッパーソード。

当然握ったままの右腕が、そちらに引っ張られる形になる。

それを基点に、右方向に突進の進路をそらしながら、自分自身の疾走による運動エネルギーを回転のそれへと変える。

急激な方向転換で右腕に引きちぎれんばかりの力がかかる。

右にそれることで、敵の唐竹割りと袈裟切りをギリギリでかわす。しかし、そのままでは必殺の横薙ぎが襲いかかってくる。

ちょうど床に突き刺したホッパーソードが俺と敵の右薙ぎの間に来た所で、自分自身にも重力加重操作をかける。

地面に突き刺したままのホッパーソードへ、敵の剣撃が到達する。

鈍い衝突音。

しかし、それは敵にとって、ベストのインパクトポイントからは外れた物でしかない。

いくら筋力を強化していようとも、体の構造的に歪な四つ手の敵の、力の乗りきっていない剣撃。俺は何とか突き刺したホッパーソードで、それを食い止めることに成功する。

剣と刃の力が拮抗《きっこう》し、一瞬の静寂が訪れる。

自然と剣越しに、互いの視線が交差する。

そこに見たのは、深淵の闇。

スキルに呑《の》まれてしまったのか、かつてあったかも定かではない人間性が完全に逸失した瞳が俺を見下ろしていた。

（ああ、もう獣と一緒か）

俺は重力加重操作を、接している剣越しに敵にかける。

（スキルを使って、すぐさま相殺すればいいものを。もう、そんな理性もないのか）

自分と同じ顔の生き物が獣に堕《お》ちた姿にどこかモヤモヤしたものを感じつつ、重力加重操作を続ける。

もともとイド生体変化を解放し、体を作り替える過程で質量を増加させていた敵は、踏み抜く勢いで床にめり込んでいく。

俺はその隙に、カニさんミトンのスキルの解放を試みる。一度、Ｇの革靴で経験したからだろう、比較的容易にカニさんミトンに含まれるダンジョンの因子を感じとれる。すぐさま、干渉を開始。スキルを解放させる。

再びその解放されたスキルの情報が鑑定のように、頭に流れ込んでくる。

軽い情報酔いに耐えながら、俺は把握したばかりの解放スキルを使おうと、カニさんミトンをめり込み続ける四つ手に向ける。

「さよなら、だ。現実の存在じゃないとはいえ、これ以上お前を見ているのは、精神的に俺も辛い。すぐに引導を渡してやる。安らかにな」

カニさんミトンから発射される酸の泡。四つ手の敵と同じくらいの大きさのあるそれが、敵にぶつかり、全身を包み込む。

じゅくじゅくと泡の中で身動きもとれず、溶かされていく敵。

俺はその様子を複雑な気分で眺めていた。

最後の試練

溶けきる前に、バラバラに体がほどけ黒い粒子となり、渦巻き始める四つ手の敵だったもの。

その渦から、また一条、煙がたちのぼる。

その一条の黒い煙が俺に向かってくる。二度目ということもあり、落ち着いて俺は様子を見守る。

一条の黒い煙は俺の左手に近づくと予想通りカニさんミトンへと、吸い込まれていく。

カニさんミトンがわずかに震える。すると、ピンクの泡をその表面にポコポコ出し、やはり光りだす。その光が魔法陣を形成すると、ゆっくりと回転しながらカニさんミトンの表面へと戻っていく。

吸い込まれていく魔法陣。

すべてが終わったあとには、ミトンの表面に新たな刻印が、印刷されたかのように刻まれていた。

「こ、これは。どうみてもカニパン柄、だよ……」

可愛らしさのレベルが急上昇したカニさんミトン。俺は諦めのため息をつきつつ、ホッパーソードの方はどうかと、黒い渦巻く煙を見つめる。

しかし、それ以上の煙の分離は生じず、徐々にまた煙は人型をとり始める。

（あれ、カニさんミトンだけ？　戦闘中にスキルを解放しなかったからかな。それとも、もしかして一つしか選べないのか？）

俺は黒い渦巻く煙から視線を外さないように意識しつつ、ホッパーソードのダンジョンの因子を探ってみる。

（因子がある、のはわかる。でも、なんか弾かれる感覚があるな。これはやっぱり、それぞれの戦闘で一個しか選べないっぽい。まあ、いいや。イド生体変化のスキル解放は地雷臭がする。せめて見た目は人間で居たいし）

俺がこっそり検証している間に、渦巻く煙は三度《みたび》、人の姿を取る。

それは、高校生ぐらいの頃の俺の姿であった。

右手にホッパーソード、左手にはカニパン柄のカニさんミトン。足元は刻印されたGの革靴。

グランマントを羽織り、その下にはチェーンメイル。

背中には束ねたツインテールウィップを背負い、頭には黒龍のターバン。そして深淵のモノクル。

俺はそこまで見ると急ぎ片目をつぶる。

（あっぶなー）

ちらりと見えた鏡には全く同じ姿に変わっている俺が映っていた。俺は急ぎ深淵のモノクルを外し、しまい込む。

（これ、グランマントとチェーンメイルは、どちらが効果がアクティブになってるんだ？）
急ぎステータスを開く。

氏名　朽木　竜胆
年齢　二十四
性別　男
オド　27（1増）
イド　15（1減）

装備品
ホッパーソード　（スキル　イド生体変化）
チェーンメイル　（スキル　インビジブルハンド）
カニさんミトン　（スキル解放　強制酸化　泡魔法）
黒龍のターバン　（スキル　飛行）
Gの革靴　（スキル解放　重力軽減操作　重力加重操作）

スキル　装備品化′
召喚潜在化　アクア（ノマド・スライムニア）　召喚不可

魂変容率　0・7%
精神汚染率　0%

その間に、目の前の敵はどうやらイド・エキスカベータとデータ処理器官を作ったのだろう。深淵のモノクルをつけたまま、ゆらゆらと揺れだしたかと思うと、こちらにゆっくりと歩いてくる。

「うわ。はたから見たらあんな感じなんだ。完全にイっちゃってる人みたいだ」

俺は複雑な気分でさらに若返った自分の姿を見る。

(今回装備品は四個増えたか。次がもしあったら八個増えるんだろうけど。そこまで装備持ってないから、ここで終わりかな。きっと、この四個の中からスキルを解放するものを一個だけ選ぶんだろうな)

俺はイド生体変化で、イド・エキスカベータだけ形成する。次にホッパーソードだけに重力軽減操作をかけ、敵を待ち受ける。

(敵の装備品、深淵のモノクルと黒龍のターバンだと俺が不利だ。しかし鑑定は常時アクティブだしなー。とりあえずやれる所までやってみますか)

近づく敵に合わせ、俺から斬りかかっていく。

数合の打ち合い。

明らかに遊ばれているのが、わかる。

そのまま、軽く吹き飛ばされ、一度距離があく。

（ここまで差が出るのか！）

オドの差による体能力の圧倒的不利。そして、鑑定による認識能力の圧倒的な向上。それは数合打ち合うだけで、隔絶した力量差となって俺と敵の間に横たわっていた。

（どうする、俺。敵はまだスキルを解放していない。さらに差が開く可能性も高い。ここは賭けるしかないのか）

俺はそっと深淵のモノクルを取り出すと、そのダンジョンの因子を探り始めた。

深淵のモノクル

これまで感じてきたダンジョンの因子とは異なる何かを、深淵のモノクルから感じる。

ダンジョンの因子自体は確実に存在している。いや、その存在感は他のこれまで解放してきた装備品よりも断トツで大きいと言える。

このまま解放していいのか、悩むぐらいの大きさを感じるダンジョンの因子。

俺の一瞬の戸惑いをついて、目の前の敵がカニさんミトンから、無数の泡を形成し、撃ち出してくる。

結構な速度で迫りくる複数の酸の泡。

俺もとっさに自分の左手のカニさんミトンから、巨大な酸の泡を一つ作り、盾がわりに目の前に展開する。

シャボン玉が合体するように、敵の泡が着弾する度に大きくなっていく酸の泡。

その度に、ポヨンポヨンと俺の作った盾がわりの泡が揺れる。

しかし、その泡の攻撃は目眩《めくら》ましだった。撃ち込む酸の泡を迂回するように、楕円《だえん》軌道を描きながら何かが来るのが、盾にしている泡越しに見える。

（あれは、見たことのある形だ……）

敵の投げつけたホッパーソードが、空中を曲がりながら迫ってきていた。

(これは！　インビジブルハンドのスキルかっ！)

俺がほとんど使っていないチェーンメイルのスキルを使いこなしてくる敵。

まさにそれは、見えない手。

不可視の伸びる手に握られ、操られたホッパーソードが、空中を進む。俺の首を狙って。

ギリギリで自分のホッパーソードを合わせて、攻撃をそらす。

しかし宙に浮いた敵のホッパーソードは通りすぎた後に軌道を曲げ、再び今度は俺の足を狙って飛んでくる。

(ほとんどインビジブルハンドの検証をしていなかったツケが、こんな時に！　この攻撃の軌道から見て、何か動きに制約がありそうだけど……)

敵の二種類の攻撃を凌《しの》ぐのに気をとられ、深淵のモノクルのスキルを解放する余裕がない。

(押されているな……。全く余裕がない。だけど、それはきっと敵も同じはず、と信じたい。敵は鑑定で意識のギアを強制的に上げている状態だろう。でも、同時使用しているスキルは、敵の方が多い。敵が俺と同じ能力なら、それで、いっぱいいっぱいのはずだ。なんたって俺が今、いっぱいいっぱい、だからなっ！)

俺は必死に敵の泡魔法とインビジブルハンドで操られたホッパーソードの攻撃を凌ぎながら考える。

(今は、たとえ押されていても、とりあえず凌ぐのが最優先だ。幸いイド・エキスカベータによる精神汚染が思ったほどきつくない。多分だけど、修練のおかげだよな。ただ、多分だけど魂変容の方は、この修練でも、どうにもならないはず）

俺はちらりと敵の姿を見る。

さっきまでゆらゆらと揺れながら攻撃してきていたその姿は今では痙攣しているかのように、異様な様相を示し始めている。

（やっぱりな。あの時感じた、魂の変容の果てにモンスター化するんじゃないかって直感は間違ってなかったみたいだ。一回前の敵は、体が先に化け物になった。そして心がそれに引っ張られた様子だった。つまり魂の器たる体から始まるモンスター化ってわけだ。今回は逆ってことだよな。敵は心が先に化け物になってきてる、はずだ）

痙攣していた敵が急に攻撃をやめる。

倒していないのに、渦巻く黒い煙が敵の体から溢れ出す。

同時に敵の装備していた装備品がどろどろと溶け始める。色鮮やかだったそれぞれの装備品が混じり合うことで、くすんだ汚《きた》ならしい泥のようになっていく。

黒い煙がその汚ならしい泥とさらに混じり合う。すると、まるで無数の泥色の触手のように変化する。

敵の体にまとわりつくように蠢くそれ。

泥色の触手が、床や鏡の壁にしなる鞭のように叩きつけられる。

触手が触れた床や鏡の部分が、塵《ちり》のようになってフワッと舞う。

物理的な衝撃で抉られたのではなく、まるで物質の結合自体が解けてしまったかのように。もしくは、永劫《えいごう》の時の流れの果てに朽ち果て塵と化してしまったかのように。

しかし、その泥色の触手の動きは、今のところ目的がないかのようにむやみやたらに振られているだけのようだ。触手だけが動き、さっきまでの痙攣が嘘のように微動だにしない敵。

蠢く泥色の触手が主体であるかのようにすら、見えてしまう。

未知の攻撃、未知の現象に、俺は無闇に近づくことを躊躇《ためら》う。

俺は攻撃をいったん諦め、今のうちに深淵のモノクルのスキルを解放することにする。

一度試したからだろう、すぐさま感じ取れた深淵のモノクルのダンジョンの因子。深淵のモノクルを装備すると、巨大に感じられるそれを今度は一気に解放する。

脳に叩きつけられる、ただ鑑定した時の倍近い情報量。

こうなることを何となく覚悟していた俺は一瞬だけデータ処理器官を作る。

すぐさま情報量過多で過熱する脳内のデータ処理器官。

そして始まる魂の変容。

(時間がない！)

俺は深淵を覗きこむようにして、必要なすべての情報を見てとる。

敵の体で蠢く泥色の触手の正体をさとる。俺は深淵のモノクルを敵に向け、手にいれたばかりの解放スキルを使った。

「上書き」

俺の呟き。すると敵が、泥色の触手が、ともに一瞬だけぎゅっと縮むと、次の瞬間、爆散する。

激しい爆風。

空を舞う肉片。

泥色の触手もバラバラになり、まさに泥のように辺り一面に飛び散る。

新しい解放スキルの力。それは、鑑定で読み取った情報を書き換え、上書きするというものだった。

その結果は見ての通り。

敵の存在情報に「即時爆発する」と書き加えることで、俺は無事に敵を倒すことに成功したのだった。

鏡は割れて

俺は深淵のモノクルを剝ぎ取るように外す。

爆散した敵から、一条の煙が俺の手の中の深淵のモノクルに流れてくると、スライムの刻印がモノクルの縁に刻まれていく。

しかし俺は、そんなことよりももっと気になることがあった。ステータスを開き、自身の魂変容率を確認する。

氏名　朽木　竜胆
年齢　二十四
性別　男
オド　27
イド　12

装備品
ホッパーソード　（スキル　イド生体変化）

チェーンメイル　（スキル　インビジブルハンド）
カニさんミトン　（スキル解放　強制酸化　泡魔法）
なし
Gの革靴　（スキル解放　重力軽減操作　重力加重操作）

スキル　装備品化，
召喚潜在化　アクア（ノマド・スライムニア）　召喚不可
魂変容率　10・7％
精神汚染率　3％

ステータスを見ている間にも、精神汚染率は減少していく。

「ハハ。魂変容率が、一気に10％も上がっているよ」

俺の口から乾いた笑いが漏れる。

「深淵のモノクルの解放スキルをあと九回も使えば、俺もあんな化け物になるのか。それは勘弁願いたい……」

俺は目をつむり天を仰ぎながら、ステータスを閉じる。

「……そういえば、敵はどうなった？」

ふと辺りを見回すが、渦巻く黒い煙が見えない。

キョロキョロしていると、目の前の鏡に、無数のひびが入っていたことに、気がつく。

一度気がつくと、広がり続けるひびがはっきりと認識できる。

正面の鏡、全面があっという間に、ひびにおおわれたかと思うと、そのまま砕け散る。

不思議と音がしない。

割れた破片は落ちることなく、きらきらと向こう側に向かって吸い込まれるように消え去る。

そして次々に正面から左右の隣へと、連鎖するように砕けていく鏡。

砕けた鏡の向こう側は真っ黒だ。

光を通さない、漆黒の闇。

俺はかつてダンジョンに拉致られた時の闇を思い出す。

しかし、今度は闇が溢れ出すことはない。それどころか、なぜか暖かみすら、その闇から感じる。

そこで、急に意識が上に引っ張られていく。


唐突に目がさめる。がばっと体を起こす。

そこは、ツボの間だった。辺りの煙は、すでに跡形もない。

「無事に終わったようだね」

師匠の声。

「全然無事じゃないですよ……」

俺は振り向きながら、思わず泣き言が漏れる。

「ふむ。真実はいつも残酷さね。何も知らずに力に振り回されるよりは何倍もましさ」

そっと手を差し出す師匠。

俺はありがたくその手を握り、立ち上がる。

無数のタコと傷の刻まれた師匠の手のひら。

ぎゅっと一度、強く握りしめられ、離される。

それはまるで背中を押す、一押し。世界に立ち向かう前の最後の激励のようだった。

「己の中のダンジョンの因子を感じられるかい？」

師匠の言葉に、改めて自分自身の中にあるダンジョンの因子に意識を伸ばす。

「ええ、感じます。でも、何だか前よりも、なんというか、暖かい？」

鏡の間の、砕けた鏡の先にあった闇と同じような暖かみ。それと同じものが感じられた。

「ダンジョンの因子を、一部とはいえ自身の制御下においたからね。おのが力の姿を知った今の竜胆なら、その引き金のない銃も応えてくれるかもしれん。ただ、ここは狭い。とりあえず戻るかね」

俺は、歩き出す師匠の背中を追い、よろよろと足を進める。

その足を覆うGの革靴には、センスを疑うような刻印が刻まれていた。

師匠の屋敷につく。

入り口まで近づくと、俺達の帰りを待ち構えていたか、江奈が屋敷から出てくる。

「江奈さん、ただいま……」

駆け寄ってくる江奈。俺達の直前まで来ると足を止め、じっくりと全身を観察するように見られる。

「……無事みたいで、本当に良かった」

「ああ、竜胆は立派に試練を乗り越えたよ。ダンジョンの因子に呑み込まれることなく、成し遂げた。最後は何か泣き言めいたことを言っていた気もするけどね」

と師匠のからかうような言葉。

「いや、それは！　だって、泣き言ぐらい出ますよ。というか、ダンジョンの因子に呑み込まれるって何ですかっ！　初耳ですよ」

「すまんすまん、忘れてたかもしれん」

師匠の軽い返し。江奈はその様子を見て笑っている。

「もう、江奈さんも！　心配してくれてたみたいなのはありがたいけど、江奈さんは修練の内容、知ってたでしょ？」

そっと目をそらす江奈。

俺は江奈達と他愛ないやり取りを続けながら、そこに含まれる人の暖かみを、秘かに噛み締めていた。

突きつけられた自身のおぞましい可能性に荒《すさ》んでいた心が、包み込まれゆっくりと癒されていくのを、感じていた。

地下室

師匠の館で一晩休み、翌日。

体の疲れは無くても、精神的な疲労が限界だった俺は、死んだように眠りこけていた。

結局、昼過ぎに、もそもそと起き出す。

俺が適当に身支度を整え、部屋から顔を出すとちょうど江奈がこちらに来る所だった。

「朽木、もう昼だよ。飯はどうする？」

「ああ、おはよう、江奈さん。……食べるよ」

「用意してあるわ。その後、師匠が来るようにって……」

言い淀む江奈。

俺は引き金のない銃の件だと、ピンとくる。

軽く食事を済ませ、俺と江奈は師匠の元へと向かう。

「これから、この銃のことが何かわかるかも、だな」

俺は呟くように口を動かす。

「そうね」

心配そうな江奈の声。

「そんな顔しなくても、きっと大丈夫だって」

俺は一度立ち止まると、江奈の方を振り向く。

「それでさ、江奈さんはプライムの因子って聞いたこと、あったりするか？」

江奈も何かを感じたのか、立ち止まり、改まった様子を見せる。

俺は今さらながらに江奈に、聞いてみることにしたのだ。

唯一誰にも話していなかったこと。でも昨日のことで、江奈には話しておかなきゃと思った。

しばし沈黙する江奈。

「……いや、初耳だわ。それが、その引き金のない銃が本だった時に書かれていた内容なのね？」

真剣な江奈の表情。

俺は江奈に向かって、覚えている限りの内容を伝える。

「うーん。それだけじゃ何とも言えないわね。だいたい、朽木は無事に、『逆巻く蒼き螺旋ダンジョン』から出てこれたじゃない。その時点で、すでにその本の内容からずれているし」

「うーん。確かに。でも、俺の装備品化のスキル、変だよね？」

「それは、そうね」

しぶしぶ同意する江奈。

「やっぱりプライムの因子ってのが、関係あると思うんだよね。だから、やっぱりこの引き金のない銃を制御して、続きを読みたいんだ。単なる勘だけど、本の内容が、ダンジョンの本質に触れている気がするんだよ」

「わかったわ。気をつけてね。師匠のインテリジェンスウェポンにとりつかれた人の話、覚えているでしょ」

「もちろん。でも、そのための修練だったんだろ？」

俺はそう言うと、軽く江奈の頭をポンとして、歩き出す。

「もう……。あ、そのドア開けて、階段下るのよ」

俺はたたらを踏んで、方向転換する。言われたドアをくぐり、階段を下りる。

階段を下りると、そこは地下室のようだ。

意外に広い。

部屋の奥では師匠が待っていた。

師匠の目の前には祭壇のようなものがある。

俺は何となくツボの間のことを思い出して嫌な気分になりつつ、師匠に挨拶する。

「もしかして、これはっ！」

後ろからついてきた江奈の驚いた声。

振り向くと、江奈は祭壇の下の床に描かれた模様みたいなものを見ている。

「師匠！　これって、マスカル老師の絵ですか!?」

俺は江奈に聞く。

「だれ、マスカルさん？」

「マスカル老師！　師匠と同じナインマズルの四位、『画伯』マスター・マスカル！」

なぜか江奈に怒られる。

「えっと、ナインマズルには芸術家の方もいるの？」

俺の疑問に師匠が口を挟む。

「ハハァっ！　芸術家！　確かに奴は芸術家肌かもしれないね」

「もう師匠まで！　いい、朽木。マスカル老師はすごい人なのよ！　三色のペイント弾を使って、どんな絵でも描けるんだから。しかも、それがただの絵じゃないのよ。絵によって違う種類の魔法が発動するのよっ」

「奴のスキルとて、色々制限はあるみたいだがね。江奈は自分の七色王国《セブンキングダム》とマスカルの銃戦闘の運用が似てるからね。思い入れが強いのさ」

師匠があっけらかんと告げる。

「ああ、じゃあその床の模様も魔法が何か出るんですか？」

俺はあまり突っ込むと江奈の機嫌を損ねそうなので、話を進めることにする。

師匠が答える。

「魔法が出るというか、これ自体が魔法みたいなもんさ。結界だよ。その引き金のない銃が、もしも暴走したりした時は、一時的に拘束してくれる結界さ。その時は、一射絶魂《ワンショットアセンション》のスキルで魂ごと撃ち抜いてあげるから、安心おし。さあ、竜胆、そこにお前の銃を」

祭壇を指差す師匠の笑顔はすごみを感じさせるものだった。

俺はしかし、なぜか逆にその笑顔を見て落ち着くと、取り出した銃を祭壇に置いた。

「さぁ、竜胆。どうするかはわかっているんだろ？」

師匠の声。

俺はこれまでのことを思い出すと、ゆっくりと右手を引き金のない銃にはまった石に刻まれた刻印へと伸ばした。

イド注入

ゆっくりと、引き金のない銃に埋め込まれた石の刻印を指でなぞる。

それに合わせて、自身の中のダンジョンの因子を起動する。

(これは！　イドを送り込める？)

これまで弾かれたり、強制的に吸い出されていたイドだったが、自身のダンジョンの因子を通すことで、イドを引き金のない銃にコントロールして送れる感覚がする。

俺は自分のその感覚のままに、始めはゆっくりと、徐々に勢いよくイドを刻印を通して流し込み始めた。

どんどんと、まるで底なしの穴に水を注ぐかのように吸い込まれていく、俺のイド。

それに伴い、最初は刻印を刻まれた石が、そして徐々に引き金のない銃全体がうっすらと光を帯びていく。

(まだまだイドが足りないのがわかっちゃうんだが。仕方ない、イド・エキスカベータ生成！)

俺はイドが枯渇する前にしぶしぶイド・エキスカベータを発動する。

汲み取られたイドをただひたすら刻印へと注ぎ続ける。

汲み出す量と注《つ》ぎ込《こ》む量とが釣り合い、まるで俺自身はただのパイプになった気分がする。

その様子を強《こわ》ばった表情で見守る江奈。

師匠は緊張感を漂わせて身構えている。

そしてついに、その時がきた。

引き金のない銃に、イドが満ちたことが刻印越しに伝わってくる。

一層煌めく光を放ちながら、ゆっくりと引き金のない銃が浮かび上がる。

埋め込まれた石から放たれた光が収束するように銃に絡み付き、銃を覆う。光の中で銃の部分がグニャリ、グニャリと歪む。石を残して、銃が光に溶けていく。光となった銃が、石を覆っていく。

まるでそれは光の繭。

刻印を刻まれた石を内包し、繭が点滅を繰り返す。

その時だった。

俺のポケットが大きく膨らんだかと思うと、一気に溢れだす。

その衝撃で、俺は勢いよく横方向に吹き飛ばされる。

地面を強制的に転がされるが、何とか止まる。顔をあげてみれば、ちょうど視線の先は、俺が先程まで立っていた場所。

そこには、アクアの姿があった。

アクアはまだ粘体のままの両腕を勢いよく伸ばすと、かつて引き金のない銃であった光る繭をそのままその手に包み込む。

アクアの粘体と化した半透明の手を通して、光る繭が鈍く輝く。

「発動！　結束せよっ！」

師匠の怒鳴り声。

それに反応し、画伯マスカルの描いた結界のペイントが、アクアの足元で発動する。

地面に描かれていた絵の具が、無数の帯状の紐と化す。一度長くピンと伸びたかと思うと、次の瞬間、帯が次々にアクアに絡み付いていく。カラフルな帯が全方位からアクアの姿を包み込んでいく。


もしこれが、人や、銃であったなら。

画伯マスカルの結界は高位のモンスターですら、少なくとも足止めにはなったであろう。

しかし、残念なことに粘体の体を持つアクアには、ほぼその意味をなさない。

帯状の紐が絡む度に、それはアクアの体に沈み、そのまま突き抜けてしまう。

そして巧みに光る繭を体内で移動させながら、マスカルの結界を抜けると、何事もなかったかのように歩き始めるアクア。

その目は、ただ出口のみに向いていた。

突然の出来事に呆然《ぼうぜん》としていた俺は、こちらに一瞥すら寄越さず歩き始めたアクアの姿に、疑問が噴出する。

こいつは敵なのか⁉

俺は裏切られたのかっ！

それは本能。それは直感。

闘争に明け暮れていた生命としての根源が、理性を押し退け、ただひたすらに叫びをあげる。

戦え、と。

こいつは、敵だ、と。

溢れ出す激情のまま、俺はアクアに向かって駆け出す。

ほぼそれと同じくして師匠と江奈の銃が撃ち出される。

アクアは江奈を一瞥する。指を江奈の放った銃弾に向けると、アクアの指先の一部が粘体化し、切り離され、飛び出していく。

江奈の七色王国《セブンキングダム》とアクアの粘体が空中で次々にぶつかる。

まるで花火のように、空中で氷や炎の花が咲く。

それはすべてアクアの狙い通り。

江奈の放つ七色王国《セブンキングダム》はすべてアクアの粘体に阻止されてしまう。

しかし、その隙をつくかのように、師匠の不可視の銃から放たれた一射絶魂《ワンショットアセンション》が、アクアの胸を穿つ。

大きく抉れとられる、アクアの胸部。そこには大きな穴が空いていた。

(やったか?)

それは定番のフラグだったのだろう。アクアは何事も無かったかのように歩き続ける。

ぬるんと、アクアの体の残りの部分が粘体となり、胸部に空いた大穴を埋める。

「魂を持たないか。化け物め……」

師匠の悔しそうな声を微かに背後に聞きながら、俺は追いついたアクアの顔面目掛けて、左腕のカニさんミトンを突き出した。

はじめて、アクアの目線がこちらを向く。

その顔面めがけ、スキルを発動しながら、俺はカニさんミトンを叩きつける。

捉えた、と思った瞬間、アクアの右手が滑り込むように持ち上がり、俺のカニさんミトンを掴む。

ぎちぎちとカニさんミトンごと俺の左手を握りつぶそうと力を込めるアクア。

俺は気にせず強制酸化を発動させる。

カニさんミトンを掴むアクアの手のひらが、酸化熱で一気に赤熱。蒸気が吹き出す。水分の飛んだ粘体が、ぼろぼろと二人の足元の間へ、こぼれ落ちる。

しかしアクアも次々に手のひらの肉をパージし、胴体部分から粘体を送り込んで新しい手を生み出す。そして俺の腕を握りつぶさんと、さらに力を込めてくる。

酸化と加圧の攻防。

俺はイド・エキスカベータを発動すると、一気にイドをカニさんミトンに注ぎ込む。

カニさんミトンに刻印されたピンク色のカニパン柄が、俺のダンジョンの因子を経由したイドに反応し、どんどん濃くなり、そして輝きだす。

辺りを染めるピンクの光。

俺自身もアクアの顔も、カニさんミトンの放つ光でピンク色に染まっていく。

アクアの粘体から蒸発する湯気の勢いが増す。その湯気に、ピンクの光が乱反射し、辺り一面にピンク色のもやがかかる。

「アクア！　その繭を返せ！　裏切ったのか！」

俺は、強制酸化に次々にイドをブーストさせながら、アクアに向かって叫ぶ。

わずかに目をすがめ、顎をあげ見下すようにアクアは答える。

「裏切ってないのー。アクア様は、最初からクチキの仲間なんかじゃなかったのー。クチキは召喚してアクア様を支配したつもりだったみたいだけど。ステータスに載ってたからって、そのまま信じちゃって。クチキは馬鹿なの」

「……じゃあ、何で俺がダンジョンから脱出するのを助けた？」

「アクア様はこれを回収するのがお仕事なの。プライムの因子を持ったこの世界の人間のイドに染まったコア。あの時はプライムの因子を持つクチキを生かしておけば、いずれこうなると予想してたの」

そういってアクアは自らの体内に取り込んだ、光る繭に視線をやる。

「ちょうどいいスキルをクチキが持ってたから、コアの番人を倒した時に、モンスターカードに顕現したの。見張っておいて正解だったの。おかげで近くでクチキの様子をうかがえたのはいいけど、下らないことで呼び出されて。本当に勘弁してなの。こんなことなら普通に顕現しとくんだったの」

「コア？　その石は、もしかしてダンジョンコアなのか？」

「今さらそこからなのー。当然そうなの。クチキも、脱出してなかったら、もう少しであのダンジョンのダンジョンマスターにされてたの。クチキはアクア様に、感謝してもいいくらいなの」

「そうか。やっぱりお前は俺の敵なんだな、アクア。そのコアをどうするつもりなんだ」

拮抗した力。話している間にも、ひたすらに湯気が吹き出し、足元に干からびた粘体の残骸がぼとぼとと積み上がっていく。

「クチキに理解できるとは思えないけど、コアのお礼に少し教えてあげるの。クチキのいるこの世界、そして無数の平行世界が混沌の中に浮かんでいるの。平行世界の一つ、プライムの世界がこの世界をダンジョンを使って侵略してるの。クチキはそのプライムの因子を埋め込まれちゃってるのー。そのクチキのイドは二つの世界の混ざりものになってるわけ。それが込められたコアは、世界を繋ぐ回廊ダンジョンになれるわけ。わかった？　わかんないよねー。そんじゃあ、プチっとなの」

アクアはそう言うと、おしゃべりは終わりとばかりに、左手を振りかぶる。みるみる巨大化する左手。アクアはそれを無造作に振り下ろしてきた。

アクアとの死闘

振り下ろされるアクアの巨大化した腕。

引き伸ばされる知覚。命の危機に瀕《ひん》した際に何度も訪れた、ゆっくりと時間が流れるような感覚が、再び降りてくる。

（ああ、アクアから本気の殺気がピリピリ伝わってくる）

俺はとっさに取り出した深淵のモノクルをかけようとする。自分の腕の動きが、ゆっくりすぎて歯がゆい。

何とか間に合い、モノクルをかけると同時に、解放スキルを発動させる。

眼前にまで迫ったアクアの歪に巨大化した左腕の存在情報を、上書きする。

（アクア本体ごと、吹き飛ばしてやるっ）

俺の思いに呼応するように、爆散するアクアの腕。

飛び散る大量の粘体。

データ処理器官も作らずに発動した深淵のモノクルの解放スキルのせいで、魂と精神に汚染が始まる。

しかし、俺の渾身の攻撃も、爆発する前にアクアは腕を本体から切り離していたようだ。

本体のアクアの余裕の表情が、飛び散る粘体越しに見える。

本体の存在情報を上書きしようとするが、飛び散る粘体が邪魔で直視することができない。その隙に、視界の外、下方からアクアの粘体が槍となって襲いかかってくる。

先ほど俺が酸化させ、こぼれ落ちた粘体の陰で、アクアは大量の粘体を準備していた。それが槍となって俺を狙い、迫る。

大量の粘体の、物量まかせの極太の槍。それが、俺の体に到達する直前で、無数に枝分かれする。

その動きを目では追えても、体がついていかない。

俺は回避を諦める。意識のみで即時発動できるイド生体変化で、せめてもの抵抗として皮膚を硬化させる。

固くなった皮膚を、しかしアクアの槍は易々と貫く。

衝撃。

そして浮遊感。

アクアの槍で磔《はりつけ》のようになって持ち上げられ、地面から足が離れる。

江奈の無言の悲鳴が、聞こえた気がした。

それから襲いかかってくる、激痛という言葉では到底言いあらわせられない、痛みの爆発。全身をくまなく針山のようにされ、その一つ一つが想像を絶する痛みの絶叫となって、俺の神経を駆け巡る。

ゆっくりと引き抜かれるアクアの粘体の槍。その一つが、先端を曲げ、深淵のモノクルに絡み付くと、俺の顔から外して奪っていく。

「これは人間には過ぎたものなの。スライムの刻印もあるし、アクア様に返してもらうの」

アクアの戯れ言《ざれごと》。そのタイミングで、俺の、貫通した穴という穴から、血が吹き出す。

死の淵にあって、これまで以上に引き伸ばされる時間感覚。極限まで高められた思考速度のギア。苦痛を無限に感じるようなそれはしかし、この場合はありがたい。

消え行く意識で、とっさにイド生体変化を発動。ズタズタになった脳の中に、データ処理器官を応用したスキルの自動発動処理器官を高速で作成する。そして、イド生体変化による体の自動修復を実行するよう、セットする。

ぼろ雑巾のようになって崩れ落ちる俺の体の残骸。

「ぬ、まだ生きてるの。意地汚い。しつこい男は嫌われるの」

アクアが俺の残骸を見下ろしながら、残った右手に粘体を集め、振りかぶる。どうやら粉々になるまですりつぶすつもりのようだ。

「させないよっ！」

アクアの背後から忍び寄っていたマスター・オリーブハイブの手が、アクアの体内に突きこまれる。

その手には、愛用の銃ではなく、一発の弾丸が握られている。

アクアの動きを封じるように、江奈の七色王国《セブンキングダム》が撃ち込まれる。

「魂がない化け物め、私の魂ごと、輪廻《りんね》の檻《おり》に引きずり込んでやるよ。ありがたく受け取りな。一撃入魂《ワンショットリーンカーネーション》」とマスター・オリーブハイブ。

アクアの体内で、手に握られた弾丸が激しく輝く。それに合わせるように急速にマスター・オリーブハイブの体から生気が失われていく。

「くぅっ、下等生物ごときがぁっー」

アクアの叫び。

ガックリと膝をつくマスター・オリーブハイブ。その顔からは完全に生気が消え失せている。しかし、その腕は銃弾を握り、アクアの体内に突き込んだまま。

「師匠っ……」

苦渋にしかめられた江奈の顔。限界までイドを振り絞り、放たれる七色王国《セブンキングダム》が、空間を七色に彩る。

その極彩の光は、まるで一人のマスターの最後を祝福するかのように輝く。

魂を失ったマスター・オリーブハイブの体が、足先から光の粒子となって、ゆっくり消滅していく。それにつられるように、アクアからも漏れ出す光の粒子。アクアの体がどんどん薄く、そして小さくなっていく。露出し始める光の繭。

進み続ける両者の存在の消滅。光の粒子化はマスター・オリーブハイブの胴体をすべて飲み込み、次にそのまま顔と両腕にさしかかる。

その場面に、江奈は思わずひきつけのような声を漏らしてしまう。そこで生じるほんのわずかなズレ。極限の精密さを要求される七色王国《セブンキングダム》が、一瞬だけそれで遅れてしまう。

それまで江奈の七色王国《セブンキングダム》で動きを阻害されていたアクア。その江奈が作ってしまったわずかな隙に、小さく、アクアが身じろぎする。

「しまっ……」江奈の声にならない叫び。

支える体が無くなっていたマスター・オリーブハイブの腕は、その身じろぎでアクアの体から抜けてしまう。アクアを完全に消滅させるまで後一歩というタイミングで。

そして、そのまま消滅してしまうマスター・オリーブハイブの腕。

普通の魂を持たない不死者であれば、そのまま輪廻に引き摺《ひずこ》り込まれたであろうタイミング。しかし、スライムであるアクアには、その一刹那にも満たない隙が、千載一遇の好機であった。

ほんの少しだけ残った、粘体。その中に、ダンジョンコアたる石と深淵のモノクルだけを再び取り込もうと広がる。

その瞬間炸裂する、先ほどの江奈のタイミングがズレてしまった七色王国《セブンキングダム》。それは爆風と化すと、アクアにおそいかかる。

爆炎の中から飛び出す粘体。同時に何かが、別方向へと飛んでいく。爆炎を生き延びたアクアは、そのまま石とモノクルを体内に抱え、出口に向かって一目散に逃げ出す。

限界を超えて七色王国《セブンキングダム》を使い続けていた江奈は、イドの枯渇に苛まれその姿を絶望の表情で見送ることしかできなかった。

復活と代償

急速に浮かび上がる意識。

最初に感じたのは、激しい嘔吐《おうと》感だった。

俺はとっさに横向きに転がると、激しく噎《む》せこむ。

だぼだぼと、血が滝のように口から溢れる。

「うぇ、ごは、ごふっ」

這いよるように近づいてきたイド枯渇状態の江奈が、えずく俺の背中を叩いてくれる。

ひとしきり体内のものを吐き出すと、ようやく辺りを見回す余裕が出てくる。

辺り一面に広がっているのは、自身の体液や肉片。あとはアクアの粘体の残骸。

「江奈さん、アクアは？　師匠は？」

「ごめんなさい、アクアには逃げられた。師匠は……」

圧《お》し殺《ころ》すように話す江奈。うつむき、声が続かない。

俺はそっと、江奈の肩に手を置く。

俺の体にこびりついた肉片で手が汚れるのもかまわず、江奈がひしっと俺の服の袖にしがみついてくる。

俺は、ただただ零れる江奈の無言の涙を、肩で受け止めていた。

ようやく顔をあげる江奈。

「朽木、目が……」

なんのことを言われているのかわからない俺。しかし、ふと、死にかける前に自分のしたことを思い出す。発動しっぱなしだったイド・エキスカベータを切り、急ぎステータスを確認する。

氏名　朽木　竜胆
年齢　二十四
性別　男
オド　27
イド　12

装備品
ホッパーソード（スキル　イド生体変化）
チェーンメイル（スキル　インビジブルハンド）
カニさんミトン（スキル解放　強制酸化　泡魔法）
なし

Gの革靴（スキル解放　重力軽減操作　重力加重操作）
スキル　装備品化，廻廊《かいろう》の主権
召喚顕在化　アクア（ノマド・スライムニア）　送喚不可
魂変容率　17・7%
精神汚染率　>D-%

「ステータスはどうなってる、朽木？」

江奈の心配そうな声。

「なーに。大したことないっぽいよ。目はどうなってる風に見える？」

俺は師匠を亡くしたばかりの江奈に心配をかけたくなくて、軽めの返事を返す。

ついでに、ホッパーソードの刀身の部分に顔が映らないか試してみる。

「大したことないわけないじゃない。目、真っ黒だよ……。白目がない。見えてるの、それ？」

ちょうどホッパーソードの刀身に顔が映る。

確かに江奈の言う通り、白目の部分が真っ黒に染まって、眼球全体が黒くなっていた。

（これは、ステータスの精神汚染率がバグって表示されているからか、もしくはなぜか増えている新しいスキルのせいか。廻廊ってアクアが何か言ってたな。世界を繋ぐ廻廊がどうとかって。アクア、か。どちらにしても、このままにはしておけないよな。師匠の仇《かたき》だし、そして奪われたものを

取り返さなきゃ。放っておいたら、なんか良くないことを起こしそうだったしな）

　視線を江奈に戻し声をかける。

「江奈さん、俺の目は大丈夫。逆によく見えるぐらいだわ。まあ外歩くなら、サングラスはいるかもだけどね。そういやサングラスって、かけたことないな。俺ってどんな形のサングラスが似合うかな？」

「もう、こんな時に何いってるのっ！」

　涙が途切れないまま、笑顔を見せる江奈。

　そんな彼女に、しかしこれだけは聞かないと、決意して話し始める。

「それでさ、江奈さん」

「なに？」

「師匠の最後の攻撃のこと、聞いてもいいかな？」

「……追いかけるのね。アクアのこと。どれだけダメージが入っているか知りたいってこと？」

　江奈のなぜか優しげな表情が胸に刺さる。

「うん。ごめんね」

「私も、あまり詳しくはないのだけど。師匠の最後の攻撃は、一撃入魂《ワンショットリーンカーネーション》というらしいわ。あの手に持っていた弾丸。あれが一射絶魂《ワンショットアセンション》のスキルで産み出した弾丸らしいわね。それに自身の魂を込めることで、敵に撃ち込む際に、あらゆる存在を自身の魂とともに輪廻の環《わ》の中へ導く技、って言ってたわ」

「でも、アクアは結局逃げてしまった……」と俺は口を滑らす。

「ええ、ごめんなさい。私がミスしたばかりに」

そう呟く江奈の瞳には憤怒《ふんぬ》の光がちらつく。自らを焼き尽くさんばかりのそれに危機感を覚え、俺は急いで言葉を探す。

「ほ、他に、俺が倒れている間に何かあった？」

「……そういえば、何か光る物が飛んでいったわ」

這うようにして移動し始める江奈。

俺も慌てて立ち上がると、江奈に肩を貸そうとする。

江奈は無言でそれを断ると、そちらを探してと手で示される。

俺は肩をすくめて言われた通りに探索を始める。

すると、すぐに飛び散った肉片の陰に隠れていた物を発見する。

「あった！　江奈さん」

俺は、それを拾い上げる。

それは、ダンジョンコアの部分がぽっかり空洞になった、俺の銃だった。

「爆風で光の繭になっていた部分だけがコアから吹き飛んだのね。朽木、それ、引き金がついている！」

近づいてきた江奈が俺の銃を見て、驚きの表情を浮かべた。

俺は手に持つ銃を無言で眺める。ふと、銃を構えてみる。

すると、なぜか急に、こうしなければという意識下の直感が囁く。

その囁きのままに、自身のダンジョンの因子を通してイドを銃に流し込み始める。底の抜けた穴にするするとイドが吸い込まれていく感覚。

流し込んでいたイドが、満ちる。それは俺の瞳と同じ、黒色の光となって銃を覆ったかと思うと、次の瞬間、ぽっかりと空いていたコアの跡に収束していく。

銃に空いた穴の中で、黒い光の渦が渦巻くのが見える。

俺は握り込むように、そっと引き金を引き絞った。

銃口から発射されたのは、一条の黒い光。

それを見て、唖然《あぜん》とした顔の江奈の呟き。

「あり得ないっ。起動魔石もないのに魔法銃が撃てるなんて……」

「ああ。なぜだろうね。なんかこうしなきゃって思ったんだ。でも、これで戦える」

俺は、自分自身に言い聞かせるように宣言する。

「待っていろよ、アクア。裏切りの代償、必ず払わせてやるからな」

ガンスリンガーのマント

俺達は、師匠の館に帰りついた。

そこかしこに、師匠との思い出があるのだろう。館にたどりついた江奈はまた、黙り込んでしまった。

俺は、身支度を整えると、江奈に声をかける。

「ちょっとダンジョンの入り口に行ってくる。このダンジョンの入り口って入る時は門番とか見かけなかったけど、管理している人っている？」

江奈は気持ちを切り替えるように一度目を固くつむり、顔を伏せる。顔をあげ、答える。

「ああ、アクアがダンジョンから出たかを調べに行くのね。入り口は常時監視されているわ。ナインマズルの八位、不動砲《キャッスル》のマスター・ホルンパージが常時管理しているはずよ。門から入ってまっすぐに通りを進むとマスター・ホルンパージのお屋敷があるわ」

「わかった。ありがとう。ちょっと様子を聞いてくる。話を聞いたら、いったん戻ってくるから、それまで休んでて」

俺はふと思い立って、館におきっぱなしにしていた荷物を漁る。前に宝箱から手にいれたポーションを取り出すと、江奈に渡す。

「これ、念のために渡しとくよ」

「え、これって完全回復のポーションでしょ。朽木が持ってなきゃ」

「江奈さんに持っていてもらいたいんだ。俺の安心のためだと思って頼むよ。それにほら、見ただろ？　俺は怪我しても大丈夫だからさ」

「そんな目で言われても、説得力ないわよ。だいたい、そのままマスター・ホルンパージの所へ行くつもりなの？」

そういうと、江奈はゆっくり部屋を出て、すぐに戻ってくる。

「これ、ガンスリンガーの見習い用のマント。フードがついているから顔を隠せるわ。着ている人多いから目立たないし。貸してあげる」

「うん、ありがとう」

俺は受けとると、その純白のマントを羽織り、フードを目深にかぶる。

氏名　朽木　竜胆
年齢　二十四
性別　男
オド　27
イド　12

装備品
ホッパーソード（スキル　イド生体変化）
チェーンメイル（スキル　インビジブルハンド）
カニさんミトン（スキル解放　強制酸化　泡魔法）
江奈の見習いマント
Gの革靴（スキル解放　重力軽減操作　重力加重操作）

スキル　装備品化，廻廊の主権
召喚顕在化　アクア（ノマド・スライムニア）　送喚不可
魂変容率　17・7%
精神汚染率　>D-%

ふわりと、マントから昇る江奈の香りに包まれる。

「どう、目は、目立たないかな？　これで俺もガンスリンガーっぽいだろ」

ちょっと江奈の香りにドキッとしてしまった俺は、照れ隠しに手を銃の形にして、かっこつけて聞いてみる。

「目はうつむき加減なら大丈夫ね。朽木も、鏡の間の試練を乗り越えているから、立派にガンスリンガーを名乗れるわ。使える魔法銃もあるんだし。あっ、でも、マスターの認定証がいるんだったわ……」

唇を噛み締める江奈。

（あちゃー。余計なこと言っちゃったよな、こりゃ）

俺は、ぽんっと、うつむき加減の江奈の頭に軽く手をのせる。

「それじゃあ、行ってくる。すぐ戻るから」

「うん」

答える江奈の瞳に宿る憤怒の炎を確認すると、俺は急ぎマスター・ホルンパージの館へと向かった。

ダンジョンの変調

マスター・ホルンパージの館を出て、師匠の館へと急ぐ。

マスター・ホルンパージ本人には会えなかったが、代理人に師匠のことを含め、諸々の説明をしてきた。その際、向こうの代理人は、一切のモンスターがこの焔の調べの断絶ダンジョンから出ていないことは確約してくれた。スキルに関わることらしく、詳細は明かしてもらえなかったが。

多分、アクアはこのダンジョンの最下層に向かっていると思って間違いない。問題は、アクアがどれぐらいで最下層にたどりつくか、だ。

帰る間にも、辺りが騒がしい。

多分、マスター・ホルンパージの代理人が、緊急避難を発令したのだろう。マスターの称号を持つ者の死は、それだけの衝撃と危機感を持って受け止められたようだ。

完全武装で駆け回るガンスリンガー達。家族を急いでダンジョン外へ送る人々。通りが雑然としていく。

ガンスリンガー達の、殺気だってはいるが、冷静を保とうとする気配が伝わってくる。

あと少しで師匠の館につくという所。

それは、いきなりだった。

ダンジョンが、鳴動する。

地震で言えば、震度7を超える揺れ。俺は思わずその場にうずくまる。

視界のすみに、壁に建てられた建築群が、次々に崩落していく様子が映る。耐震設計を明らかに超えた揺れ。

轟音と立ち上る粉塵《ふんじん》が、辺りを埋め尽くす。

次の瞬間、各種スキルや魔法とおぼしき光が粉塵越しに、そこここで見え隠れする。

どうやら防御系、結界系のスキル、魔法持ちが複数。殺人的とさえ言える揺れの中、最善を尽くす者達がいる。

揺れが、長い。

(く、間に合わなかったか。というか、こうなるか)

これは多分、最悪の事態。

この鳴動は、ダンジョンに新しいダンジョンコアが設置され、新しいダンジョンマスターが生まれた証。

今まさに、現在進行形でダンジョンが作り替えられているのだ。

揺れが、ようやくおさまる。

ゆっくりと立ち上がる俺。

辺りは瓦礫《がれき》が散乱し、ひどい有り様。しかし、目につく範囲では、負傷者以上の被害は出ていなそうだ。

（さすがに、危険に慣れているんだな……）

俺がそんなことを思っている時だった。目の前の瓦礫が揺れたかと思うと、そこからモンスターがポップする。

瓦礫の隙間から這い出るように現れたスライム。人型を取り、体を構成する粘体が変化し、手足を形作る。その手が辺りに散乱する瓦礫に突っ込まれると、瓦礫がバラバラにほどけるような動きを見せたあと、スライムの体内で、急速に剣と盾が形成される。再び瓦礫を取り込むと、次は体を覆うように鎧が現れる。

それはまるで騎士のような見た目だった。瓦礫でできた鎧をまとい、剣を構える人型のスライム。

俺はとりあえず、騎士スライムと呼ぶことにする。

襲いかかってくる騎士スライム。縦一閃で斬りかかってくる剣をホッパーソードで受け止める。

斬撃は重い。

一瞬の膠着状態の合間に、俺は周りの人々へ叫ぶ。

「俺一人でやれるっ！　避難を続けろっ！」

受け止めた俺の足が、ダンジョンの床にめり込む。

ただ、それ以上ではない。

俺は騎士スライムに、イドのブーストをかけた重力加重スキルをかける。

足止めにでもなればと思ったスキルだったが、俺の予想は外れてしまう。

俺の重力加重スキルがかかった瞬間、ぶちゅっと、騎士スライムは潰れてしまう。

スライム系だから、ここから反撃が来るかと身構える俺をよそに、粘体は、その粘性を失い、汚い水たまりを作る。

水たまりの中に残ったのは瓦礫製の武具のみ。

「え、嘘でしょ。脆すぎる、いや俺が難敵とばかり戦ってきすぎたのかな。もしかして、これが普通なのか？」

俺は拍子抜けしながらその瓦礫製の装備品に手を伸ばした。

しかし、手を触れると、バラバラに砕けてしまう。

（これは、魔石もないし、タダ働きの雰囲気がする。そもそも、装備品化のスキルが発動しなかったよな。もしかして、スライムってくくりで一種類なのか⁉　……さすがアクアの眷属《けんぞく》、嫌がらせというものがよくわかっていらっしゃる）

俺が一人、考え込む脇を、避難する人々が通りすぎていく。

何人からか通りすぎ様に、感謝の言葉をかけられる。面映ゆさと申し訳なさで、居たたまれなくなった俺は、フードを深めにかぶり直し、軽く手だけ振って、師匠の館を目指して急ぎ立ち去った。

襲来

俺は、師匠の館に帰ってきた。

辺りに敵の姿は見えない。警戒しながら素早く館に近づき、敷地《しきち》に入る。

館のドアを開けた瞬間、頭上から額に突きつけられる銃口。

俺は思わずホールドアップして立ち止まる。

「朽木！　お帰りなさい？」

「あ、ああ。江奈さん、ただいま。どうしたのそんな所で？」

江奈は、館の入り口のドアの上の飾り棚に足をかけ、逆さまになりながら銃を構えていた。

ピタリと俺の額に張り付いていた銃口を離し、銃をしまう。そのまま、くるりと回りながら飾り棚から飛び降りる江奈。

「もう、動いて大丈夫なの？　江奈さん」

「イドの枯渇は落ち着いたわ。それより、ダンジョンの様子はどうなっているの？」

俺はアクアがダンジョンから出ていないこと、マスター・ホルンパージの関係者が率先して避難を指示してくれていること。そして、帰りがけに会ったモンスターのことを伝える。

「そう、アクアが新しく焔……いやもう名前も違うはずね。このダンジョンのダンジョンマスターになったと、朽木も思っているんでしょう？」

「ああ、そうだと思っている」

俺はゆっくりと答える。

「それでも、アクアを追うんでしょ？」

「ああ、もちろん」

「わかったわ、私も同行する」

「ありがとう。でも、危険だ。あいつをこの世界に呼び込んでしまったのは俺だ。師匠が命がけでも止められなかったんだ。江奈さんまで、危険には晒せない」

「それはそっくりそのままお返しするわ。危険なのは朽木もでしょう？　それに、仕留め損なったのは私のせいなのよ。私には、師匠の死を無駄にしない義務があるわ。くるなと言うなら、私は私で勝手に行くだけ」

「……わかったよ。よろしく」

その時だった、再び激しい振動が館を襲う。

「今度はなに！」

俺は重力軽減操作と身体能力任せに、強引に移動すると、館のドアを開け放つ。

ちょうど正面の位置に、こちらに歩いてくる人影が見えた。

それは、超巨大な騎士スライムであった。

街を破壊しながら近づくそれ。剣を振るい、盾を叩きつけ進む度、立っているのもやっとな振動が、ダンジョンを揺るがす。
それが七体。館を取り囲むように、徐々に包囲を狭めながら近づいてきていた。
「どうやら、すんなりと行動させてはくれないみたいだ」と俺。
「そうね。初手で完全に殺しにくる所とか、そつが無さすぎて嫌な奴」
そう言うと江奈は、銃を抜き放った。
俺は装備を急いで替えると、ステータスを確認する。

氏名　朽木　竜胆
年齢　二十四
性別　男
オド　27
イド　15

装備品
ホッパーソード　（スキル　イド生体変化）
チェーンメイル　（スキル　インビジブルハンド）
カニさんミトン　（スキル解放　強制酸化　泡魔法）
黒龍のターバン　（スキル　飛行）

Gの革靴　（スキル解放　重力軽減操作　重力加重操作）
スキル　装備品化，迴廊の主権
召喚顕在化　アクア（ノマド・スライムニア）　送喚不可
魂変容率　17・7%
精神汚染率　^D'%

俺は飛行スキルを発動する。魔法陣から這い出てくる禍々しい翼が展開されるやいなや、振動を続ける大地から飛び立つ。

上空に向かいながら、イド生体変化でイド・エキスカベータを発動。そこで、ふと、気がつく。気がついてしまう。イドの流入で、何も違和感を感じないということに。

これまで感じていた不快感。イドの過剰取り込みで見える極彩色の幻覚。そういったものが、一切ないのだ。

それどころか、これまでに無いほど、イドの流入がスムーズに感じられる。

これまでのイドの動きを例えるなら、まるでパイプに無理矢理固形物を押し込んでいたようだった。それが今は、イドが液体のようにパイプを通り、スムーズに吸い出されてくる。

イドが全身に染みわたる。血管に、内臓に、そして細胞に。

今ならどんなことでもできそうだ。完全にイドと一体化した感覚。

俺はその感覚に導かれるように、カニさんミトンの解放スキル、泡魔法を試してみる。イドが思うがまま動き、うねり、変質し、濁った酸性の泡になる。

一つ。また一つ。

次々に産み出される酸性の泡。

くるくると俺の周りでその泡達が漂う。どこか黒々とした泡。

巨大ピンクキャンサーがしていたように、無数の泡を周りに浮かせ、展開する。

カニさんミトンをつけた左手を、薙ぎ払うように、軽く振るう。

「行け」

カニさんミトンの動きに合わせ、無数の泡達が射出されていく。狙いは目の前の巨大騎士スライム。

危機意識はあるのか、そいつは、盾を構える。

まず一つ。

黒い泡が盾にぶつかる。

弾ける泡。

泡のついた盾の部分が、さらさらと崩れ、丸い穴が生まれる。

巨大騎士スライムには、果たしてそれを見ている暇があったのだろうか。

次の瞬間には、俺の産み出した無数の泡が、次々に、五月雨のごとく巨大騎士スライムの盾に、鎧に、剣に襲いかかる。

あっという間に巨大騎士スライムが瓦礫を変質させ作り出した装備品は、さらさらと崩れていく。

次は必然的に、装備品がなくなったその体を構成する粘体へと、泡が降り注ぐ。

まるで、捕食するかのように、泡がその粘体の体を削っていく。滑らかだったスライムの体表が、ぼこぼこになっていく。

ついに、泡がすべて着弾し終わる。残されたのは死に体の粘体の残骸。

俺は同じだけの酸性の泡を産み出すと、腕をもう一振り。

「逝け」

再び瀕死の巨大騎士スライムに向け、泡を打ち出す。

全身を泡に覆われる巨大騎士スライムの残骸。

さすがに二度の泡の飽和攻撃には耐えきれなかったのか、泡が弾けた後には、何も残っていなかった。

俺が泡魔法の飽和攻撃で巨人騎士スライムを一体倒している間に、他の六体の巨人騎士スライムが接近していた。

「さすがに大きいだけあって歩幅がでかい。もう近づかれたか」

俺が独り言を呟く間にも、一体の巨人騎士スライムがその巨大な剣を振り下ろしてくる。

俺は飛行スキルを全速で発動。

斜め前から来た剣撃。俺は真後ろに全速力で下がる。

振り下ろされる剣が大きすぎて、目の前を通りすぎていくそれが、まるで十階建てのビルのようだ。剣の風圧で、髪が逆立つ。

まだまだ不馴れな飛行スキル。細やかな軌道変化は望むべくもない。ただ、力任せの全速で、避けきる。

俺が後ろに下がったことで、周りの巨大騎士スライムの足が止まり、視線が俺に集中する。

ちらりと江奈の姿が視界によぎる。

(江奈さん、俺が倒して開けた前方の隙間に、無事に走り込んでいるね。こいつらが動いているだけで、振動がひどい。飛べない江奈さんじゃあ、動くのもきついはずだし。もう少し足止めしときますか)

六体の巨人騎士スライム達は、てんでバラバラにその剣を俺に向かい振るってくる。

巨大なそれは、四方からビルがぶつかってくるのとほぼ同義。

俺は重力軽減操作スキルと重力加重操作スキルを発動させ、強引に体を地面と水平に倒し、天を向く。

倒れた俺の上下を、それぞれ通りすぎる二振りの巨大な剣。

目の前を通りすぎる大剣。俺は試しに、酸性の泡を帯状に発動してみる。

(あっ、できたわ)

目の前を通りすぎていく大剣に、その帯状になった酸性の泡を巻き付ける。

その結果を見ずに、体を反転。通りすぎていく下の大剣に触れ、重力加重操作をかける。

空中にいる俺は、高速度で横薙ぎされる大剣に触れたことで、回転エネルギーを受けて、横向きにくるくると周り始める。

その回転する俺の横をたて斬りされた別の巨大騎士スライムの大剣が、通りすぎる。

その間に、帯状の泡魔法を受けた方の大剣が、泡の触れた所でポカッと二つに分かれると、残った先端がくるくると回りながら飛んでいく。

その先には、別の巨大騎士スライム。先端はそのまま巨大騎士スライムにめり込み、その質量と加速をもってして、刺さった巨大騎士スライムを吹き飛ばす。

剣に重力加重操作を受けた巨大騎士スライムは、突然重くなった大剣につられ、姿勢を崩す。

そしてそのまま周りの巨大騎士スライムを巻き込み、倒れ込む。

俺は回転を活《い》かしたまま、泡魔法の泡を多方向に放射する。

いまだに立ったままの巨大騎士スライム達の足元を狙う。

次々に足に打ち込まれた泡が、巨大騎士スライム達の足を喰らい、さらさらとしたものに変えていく。

六体いた巨大騎士スライム達は、この一瞬ですべて地に伏せていた。

弾け、舞い踊る

俺がとどめを刺そうと、巨大騎士スライム達に酸の泡をばらまいた瞬間、倒れていた一体の巨大騎士スライムが爆発するように、弾け飛ぶ。

散弾状になったスライムの粘体が、俺の放った酸の泡を一部相殺し、残りが俺と江奈に向かって襲いかかってくる。

とっさにホッパーソードを手放し、魔法銃を抜く。

訪れる、意識の加速。

ゆっくりと流れ始める世界。ホッパーソードが落下を始める中、俺より素早くスライムの粘体を撃ち抜いていく江奈の姿が視界の端に映る。

俺はそれを見て、自分に襲いかかってくる粘体に意識を集中する。

直撃コースの粘体に向かって引き金を絞る。

黒い光弾が、粘体の上を通りすぎていく。たまたまその軌道にきた別の粘体の欠片《かけら》に命中すると、粘体が粉々に弾ける。

（外したっ）

俺はしっかりと狙いを定めて、二射目を放つ。

狙った粘体のすみに命中。

一部が弾け飛び、俺にぶつかる軌道が、何とかそれる。

(当たったが、ギリギリだ。射撃、難しいな……。それならっ)

俺は右手一本で魔法銃を乱射し始めると、左手のカニさんミトンから酸の泡の射出も始める。

魔法銃に比べ、酸の泡は形成するのにタイムラグが生じるが、泡の大きさ自体が盾のように、俺の身を守ってくれる。

魔法銃の乱射である程度間引き、残りの向かってくる粘体を酸の泡の盾で処理していく。

(しのげそうだ。良かった)

俺がそう思った瞬間だった。別の倒れていた巨大騎士スライムがまた、弾け飛ぶ。再び襲いかかってくる粘体の欠片。

ほとんどの欠片が俺の方に向かって飛んでくる。

まるで、飛ばす方向を操作しているんじゃないかと思わせる挙動。何かの意志の介在を疑わせる、弾け方。

さらにまた、別の巨大騎士スライムも弾け飛ぶ。

粘体の散弾の飽和攻撃が、酸の泡の盾の処理能力を上回る。たまらず泡魔法のスキルを解除し、回避を試みる。

展開していたままの飛行スキルで一直線に上昇する。当然そこはまだ粘体の欠片の飛散範囲内。

俺は使い慣れていないインビジブルハンドのスキルも併用する。精神汚染率が限界を超えてからイドの馴染みがよくなったせいか、スキルの併用に、負担が感じられない。

易々と発動したインビジブルハンドで、天井を掴む。そのまま、一気に体を天井に向けて、引き寄せる。

(抜けたっ!)

と思った瞬間、粘体の欠片がふくらはぎを掠《かす》める。

それだけで抉られるふくらはぎの肉。飛び散る血。

痛みは、不思議とまだない。アドレナリンが誤魔化してくれているのだろうか。とっさに身を丸め、酸の泡で傷口を焼き、止血する。

そのまま、背中から天井に着地する。

(ぐはっ。……何とかしのいだ。足は、後でホッパーソードを回収したらイド生体変化で回復すればいい。それより、敵はどれだ?)

俺は残った巨大騎士スライム達を上空から順に注視する。

地面に居たら気がつかなかっただろう、一匹の小型のスライムが地面を這うように高速で移動している。

倒れた巨大騎士スライムに急速に近づいていくその小型のスライム。

俺の直感が告げる、あれはアクアだと。

とっさに叫ぶ。

「江奈さんっ! 一時の方向、アクアだっ!」

俺はようやく襲いかかってきた足の激痛を気合いで無視すると、天井から真っ逆さまに急降下する。

アクアの向かう巨大騎士スライムに向かって。

そのまま右手の魔法銃を真下の巨大騎士スライムに向かって乱射。俺の下手な銃撃でも、流石《さすが》に近づきながらの乱射であれば、命中する弾も増えていく。アクアが巨大騎士スライムに取りつく直前に、騎士スライムを倒しきり、その粘体を飛散させることに成功する。

飛び散る粘体を踏みつけるように、地面に着地。

粘体の残骸が、汚らしい吹雪のように舞うなか、俺は再びアクアと対峙した。

ダンジョンマスター

俺は右手の魔法銃と、左手のカニさんミトンをアクアに突きつける。

「アクア、わざわざそちらから出向いてくれて嬉しいよ。何が目的だ？」

アクアは、その小さく完全にスライム状の体から、粘体をゆっくりと上に伸ばし始める。

ゆっくりと人型をとる粘体。人の形をした上半身だけ、スライムの体から生えてくる。

その人型についた顔は、かつてのアクアと同じものであった。

アクアが口を開く。

「うばぅ、の。……その、銃。よこせぇ、なのぉ。かいろぅ、回廊の礎ぇ、の」

出てきたのは呂律《ろれつ》の回らない不明瞭な声。

（どうした？　まるで知能が退化したみたいな。師匠の命をかけた攻撃が効いているのか？　それともダンジョンマスターになった影響？　どちらにしろ、狙いはこの魔法銃のようだが。ダンジョンコアだけじゃあ回廊とやらができなかったのか？）

俺が困惑していると、ぶつぶつと不明瞭に呟き続けていたアクアが、急に耳障りな叫び声を上げる。高まるイドの気配。

「まずいっ」

アクアの叫びに合わせ、その周囲に巨大な魔法陣が展開されていく。俺の足元までくるくる回転しながら広がってくる魔法陣。

俺は飛行スキルで離脱しながら、ダメもとでアクアめがけて魔法銃と酸の泡を乱射する。不安定な体勢で放ったそれら。数発は当たるか、という所で、魔法陣からぬっと出てきた巨大な蹄《ひづめ》に弾かれる。巨大な蹄は俺の攻撃を弾くと、ぐいっと曲がり、地面を押し下げるようにして、その持ち主の姿が魔法陣から現れる。

出てきたのは、巨大な体に牛の頭を持つミノタウロスであった。

俺は江奈の近くまで飛行スキルで避難する。

「あれは、ここが『焰の調べの断絶』ダンジョンだった時のダンジョンコアの番人っ⁉」

「知ってるの？　江奈さん」

「話で聞いただけだけどね。ここがまだ生きたダンジョンだった時の話よ。ダンジョンコア前の、最後の番人が巨大なミノタウロスだったそうよ。魔法耐性が高くて、ガンスリンガー殺しとして有名。でも、よくみると、体が所々腐ってるみたい。……ねぇ、朽木」

「確かに腐ってる。アンデッド化してるのか」

「違う、あれは」

言葉を切る江奈。

「腐って穴が空いている部分に、スライムが入ってるのが見えるわ。あれ、中でスライムが動かしているのよ」

それが合図だったかのように、ミノタウロスの肩に乗っていたアクアが、スライムの形に戻ると、ミノタウロスの耳ににじり寄り、そのまま耳の中へと侵入していく。

雄叫《おたけ》びを上げるミノタウロス。

そのまま、跳躍する。巨体に反してその速度は凄《すさ》まじく、押し潰さんとばかりに俺達目掛け迫ってくる。

俺はとっさに江奈を抱える。

そのまま超低空で、飛行スキルを発動。ミノタウロスのいる、正面に向かって、飛行する。まるでスライディングしているかのような体勢。飛びかかってきたミノタウロスと、地面の隙間を、無事すり抜ける。これが、速度を出すと一直線にしかまだうまく飛べない俺にとって、唯一の回避ルートだったのだ。

俺達の行き先を一瞬見失うミノタウロス。俺はその隙に江奈だけ下ろすと、挑発するように魔法銃を乱射しながら、上空へとまっすぐに舞い上がる。

ミノタウロスの背中に次々に着弾する俺の黒い魔法弾。しかし、そのミノタウロスの皮膚は高い魔法耐性で、俺の魔法弾は、ほとんど弾かれるように霧散してしまう。

時たまある、皮膚の裂け目。そこに詰まったスライムに当たった時だけ、スライムが弾け飛ぶ姿が確認できる。

しかし、すぐにミノタウロスはくるりと身を翻すと、その場で垂直に跳躍。

一気に俺のいる高さまで迫ると、そのまま回転を生かして右前肢で殴り付けてくる。

（はやいっ、回避が！）

一気に意識のギアが上がり、世界の動きがゆっくりに感じられる。

しかし、その境地にあっても、物理的に回避が間に合わないほど、ミノタウロスのパンチが高速で迫り来る。

俺はインビジブルハンドを展開し、ミノタウロスの右前肢に伸ばす。押し上げるように力を加え、少しでも、自分の体からそらそうと試みる。微かに攻撃の軌道の軸をずらすことに成功するが、まだ直撃コース。

その時。地上の江奈から放たれた七色王国《セブンキングダム》がミノタウロスの右前肢に炸裂する。

衝撃でさらにずれる軌道。

俺は何とかその致命的な攻撃を掻い潜るように回避する。

（江奈さん、ありがとう！）

パンチを空振りし、がら空きの背中に、俺は飛びかかり、しがみつく。カニさんミトンをミノタウロスの背中に押し当てると、強制酸化を発動。

（効いてくれっ）

そんな俺の願いもむなしく、その皮膚はほとんど変わらない。微かに手のひら大の火傷《やけど》のような跡がつくも、魔法耐性の高さでどうにもならない。

それならばと、這うように移動し近くの皮膚の裂け目に左手を突っ込むと、強制酸化を発動する。

（中のスライムならどうだ！）

確かに手の届く範囲のスライムは次々に酸化してぼろぼろに崩れていく。だが、どうやらスライムは小さな分体が無数に詰まっているようだ。手の届く範囲のスライムをすべて倒すと、後が続かない。ミノタウロスは体内も魔法耐性が変わらないようで、その肉もほとんど酸化してくれず。体内のスライムも避けるようにして、寄ってこない。

そうこうしているうちに、ミノタウロスと俺は落下し始める。

そのタイミングで、ミノタウロスの右前肢が弾け飛ぶ。その傷跡から溢れ出すスライム。スライムの粘体が固まり、バトルアックスの形をとる。

（げっ、ヤバい。このまま地面についたら、あのバトルアックスで叩き潰される未来しか見えないぞ。といっても離脱しても、このミノタウロス、驚異的な速さだ。追い付かれるのも必至。何とか地面につくまでに打開策を考えないと。地面、地面、つく……。そうだ、あれならっ）

俺は地面を必死に見回し、手放したホッパーソードを探す。ちょうど落下地点の近くに刺さっているのを見つけると、インビジブルハンドを伸ばす。

（よし、掴んだっ）

インビジブルハンドでホッパーソードを引き寄せる。

落下する俺達へ、ぶつかるようにして迫るホッパーソード。そのまま軽く体をそらす。ホッパーソードの勢いを活かして、ミノタウロスの背中に刺さるように誘導する。

無事にミノタウロスに刺さり俺の目の前で揺れるホッパーソードを掴むと、急ぎイド・エキスカベータを作る。

ミノタウロスの着地の振動を刺さったままのホッパーソードに摑まり耐える。

振りかぶられるミノタウロスのバトルアックス。

（間に合ったっ）

俺はすべてのイドをGの革靴に注ぎ込み、触れたままのミノタウロスに、重力加重操作を発動した。

決着

　黒々と輝き出す俺のＧの革靴の刻印。揺らめくイドの光でまるでかさかさと蠢いているような見た目。

　俺の発動した重力加重操作が、着地したばかりのミノタウロスへ襲いかかる。

　がくりと膝をつくミノタウロス。

　振り上げられ、今にも振るわんばかりだったバトルアックスがゆらゆらと揺れる。

（まだだ！　もっと、もっとだっ）

　俺は限界以上のイドをイド・エキスカベータから汲み取る。

　俺の黒く染まった両目から、血が溢れ出す。黒く染まった血が、俺の両頬をだらだらと流れ落ちる。それに合わせ、Ｇの革靴で蠢いていたイドが魔法陣となって広がり始める。ミノタウロスの頭上を覆い尽くすように広がった黒い魔法陣。

　ついにミノタウロスは、抵抗むなしくその重さで、地面へと縫い付けられる。

　解放スキルに、さらに俺のイドの因子を経由して大量のイドを送り込み発動した重力加重操作は、ミノタウロスにかかる重力を十数倍にしていた。あまりの重さにダンジョンの床が、断続的に陥没する。

ぷちぷちぷちぷちぷちぷちぷちぷちぷち。

ミノタウロスの体内からまるでイクラが潰れるような音が響き渡る。

「やっぱり。騎士スライムも重力に弱かったから、もしかしたらと思ったんだ。スライムは骨格無いから全般的に重さに弱いんだな」

俺はミノタウロスにしがみつきながら呟く。

ミノタウロス自体は流石に頑丈なのか、魔法耐性のおかげなのか、動けはしないようだが、その形は保たれている。

しかし、その中に詰まったスライムが次々に潰れ、どろどろに溶けたスライムだった液体が、穴という穴からこぼれていく。

地面に縫い付けられたミノタウロスの下に広がる、それ。

そしてついにすべてのスライムの分体が潰れたのか、中身がすかすかになったミノタウロスがピクリとも動かなくなる。

俺は横たわるミノタウロスの耳に歩み寄ると、ちょうど、よたよたとアクアがミノタウロスの耳から這い出てきた。

「この重力加重状態で動けるか。さすがアクアだ」と俺はミノタウロスを踏みつけ重力加重状態を維持しながら呟く。

「じゅ、ぅを、よごぜ。よご……ずの。がいろう、がぃろぅがっぁぁぁ！」

粘体に顔だけ浮かべ、叫ぶアクア。そんな状態になっても、高まり続けるイド。

「朽木っ、危ないっ！」と江奈の警告。

ダンジョンマスターとなって得た何かの権限を使用しているアクア。

俺は、もっと聞きたいことが沢山あったが、仕方なく装備を魔法銃に替えると、粘体に浮かぶアクアにゼロ距離で魔法銃を押し付け、魔法弾を乱射する。

「さよならだ、アクア」

ゼロ距離で炸裂する魔法弾。

飛び散る粘体。

一部は跳ね返って、俺の体を掠め、無数の傷を刻んでいく。まるでアクアの最後の悪あがきのように。

俺の魔法弾一発一発がアクアの残された体を削っていく。師匠が消しきれなかったそれを、ただただ無心に魔法銃で削り取っていく。

言葉にならないアクアの絶叫だけが辺りに響き渡る。

「これで最後だ」俺はアクアの粘体の最後の一欠片に魔法銃を向ける。

乱射される魔法銃。

「ま、まぁ。ごめぇん、な、のぉ」

最後に、そんなアクアの声が聞こえた気がした。

エピローグ

山道も終わり、ようやくアスファルトの上に戻ってきた。

俺と江奈は、アクアを倒したあと、奇跡的に見つけたサイドカー付きバイクに乗り込み、ダンジョンを脱出し、山を降りてきた。

もうすぐ最寄りの冒険者協会の支部のある街につく。俺はフードを目深にかぶり直す。

とりあえず、ここまで来ればモンスターのポップを気にする必要はないだろう。

アクアを倒した段階で、ぼろぼろだった俺達は結構ギリギリでここまで降りてきた。ダンジョンコアは未回収で、ダンジョンマスターたるアクアを倒しても、ダンジョンは生きたままだ。

ぼろぼろで、何の準備もなく下層を目指すなんて自殺行為に等しい。ダンジョンコアはひとまず諦めた。

俺は魔法銃をひとなでする。

「見えてきたわ」と江奈の声。

「良かった。腹へったー」と思わず愚痴が漏れる。

「宿を探しましょう。落ち着いたら、協会にいくわよ」

と江奈の真面目な提案。

俺は内心めんどくさいとは思いつつ、仕方ないかとあきらめる。

「はーい。でも、泊まる所を先に決めよう」

「ええ、それはそうね」

そして最初についたホテルは見事に満室だった。次は営業しておらず、その次はまた満室。

「どうやらダンジョンから避難してきた人が皆ホテルに泊まってるみたいね」と江奈。

「そりゃそうだよな。しかも、ダンジョンの同時活性化で休みの所も多いんだろうし」

俺達はふらふらと街をさ迷う。じきに夕方になってきた。

（こんな時に、久しぶりの野宿はやだな……）

「あっ」

と、俺の足が一軒の建物の前で止まる。

「どうしたの？」

「ここ、ネカフェだ」

ふらふらと見慣れた看板に引き寄せられるように無意識のうちにドアを開ける。

そこは、たまたまいつも使っていたネカフェの系列店。俺は自然な流れで会員証を手品のように滑らかに取り出すと、うつむき加減ですっとカウンターに差し出す。

「個室二つフラットシート、ステイパック十二時間で」

「お客様、申し訳ありませんが個室フラットシートは一つしか空いていません。いかがいたしますか？」

「あー、じゃあフラットシートとリクライニングで」

さくっと手続きを終わらせると、遠慮する江奈にフラットシートの個室を譲り、俺は早足でリクライニングチェアの個室へと、入る。

フード付きコートをコートかけにかけると、ゆっくりと目の前のリクライニングチェアに身を委ねる。

それは懐かしく、至福の時。

ゆったりと体が支えられる。すっかり慣れ親しんだリクライニングチェアの手触り。

(こうしていると、スキルを手にいれてからのことがまるで夢みたいだ)

そんな益体《やくたい》もないことを考えつつ、俺は久しぶりの安住の地にて、いつしかそのまま眠りに落ちていた。

御手々ぽんた（おてて・ぽんた）

神奈川県出身。2019年から小説投稿サイトに投稿を開始し、本作で第1回「レジェンド賞」を受賞しデビュー。

レジェンドノベルス
LEGEND NOVELS

ネカフェ住《ず》まいの底辺冒険者《ていへんぼうけんしゃ》 1
美少女《びしょうじょ》ガンマンと行《い》く最強《さいきょう》への道《みち》

2020年4月6日　第1刷発行

［著者］　御手々《おてて》ぽんた
［装画］　あんべよしろう
［装幀］　世古口敦志（coil）

［発行者］　渡瀬昌彦
［発行所］　株式会社 講談社
〒112-8001 東京都文京区音羽 2-12-21
電話　［出版］03-5395-3433
［販売］03-5395-5817
［業務］03-5395-3615

［本文データ制作］　講談社デジタル製作
［印刷所］　凸版印刷 株式会社
［製本所］　株式会社 若林製本工場

N.D.C.913 303p 20cm ISBN 978-4-06-519478-2